あやうい嘘

きたざわ尋子

幻冬舎ルチル文庫L

CONTENTS

✦目次✦

あやうい嘘

✦カバーデザイン＝小菅ひとみ（CoCo.Design）
✦ブックデザイン＝まるか工房
kotoyo design

イラスト・金ひかる✦

あやうい嘘

「ラストオーダーになりますが、ご注文はよろしいですか？」

メニューを手にテーブルをまわって笑顔で声をかけ、西崎双葉《にしざきふたば》はそのまま厨房《ちゅうぼう》と繋《つな》がるカウンターのところに戻った。

この春から始まった双葉の大学生活は、忙しくも充実しているといえた。

アルバイト先の創作和食の店は昼間でも夜でもおおよそ忙しく、年齢層はやや高めで、付近の会社員や主婦が中心だ。学生の姿はまず見ない。高級な居酒屋といおうか、カジュアルな割烹《かっぽう》といおうか、とにかく内装も器も料理も凝っているのだった。

ランチタイムのラストオーダーは一時半。新しくオーダーが入る様子もなく、このまままいる客を送り出せばひとまず終わりそうだった。もっとも時間が時間なので、ピーク時とは違って客もずいぶん少なくなった。

今日は一コマ目の授業に出た後、こちらのアルバイトに入り、また三時からの四コマ目に戻るというスケジュールだ。

「今日はムチャクチャ忙しかったな」

先輩のアルバイターの古仲《こなか》が、ぼそりと小さな声で呟《つぶや》いた。

「そうですね」

「さっき、なんかもらってたろ」

肘《ひじ》で突かれて、双葉は生返事をするしかなかった。

ついさっき、客の一人が映画の鑑賞券を数枚くれたのだ。常連の一人であるその人は、近くにオフィスを構える社長らしく、仕事の関係で券を何枚ももらったらしい。つい先日から公開しているヒット作のものだった。

困ると言ってやんわりと辞退したのだが、帰った後で片づけをしようとしたら盆の下に券が五枚も置いてあったのだ。

マネージャーに事情を話したら、そのくらいは大丈夫だからもらっておけと言われ、双葉のポケットにはそれが入っていた。

「映画のチケットなんですけど……いりますか？」

タイトルを続けて言うと、欲しいという即答が返ってきた。

「いや、さすがだな。オヤジキラー」

「オヤジキラーって……」

「おっさんたちに大人気だよな。あれかね、こんな息子が欲しいってやつなのかな？」

古仲の言葉にマイナスの感情はない。幸いにして、後から入った双葉の評価が高かろうと、あまり気にするタイプではないのだ。

「またおまえがさ、やたらにこにこと……。おばちゃんやおねーちゃんより、おっさんに愛想いい気がするぞ」

「……そうですか？」

自覚のないことを言われて、思わず眉間《みけん》に皺《しわ》が寄りそうになった。だがまだ客がいることを思い出し、慌てて表情を笑顔に戻す。

客が席を立った後、片づけのために動きながら、そんなに自分は中高年男性を相手に愛嬌《あいきょう》を振りまいているだろうかと首をひねった。

（ま、いいか）

悪いことではないようだからと結論づけて、するべき仕事をてきぱきとこなしていく。

入学式から一カ月ほどがたち、新しい生活にもずいぶんと慣れた。入学の少し前から始めたアルバイトも、いまのところトラブルもなく順調だ。

最初は双葉を採用する気のなかったマネージャーも、いまではなくてはならない戦力だと言って重宝がってくれている。

清潔感のある小綺麗《こぎれい》な双葉の容姿は、男女を問わず客に好印象を抱かせるし、話し方もきちんとしていて受けがいい。アイドルタレントのような可愛《かわい》さでＯＬに人気が出るだろうことは、先輩アルバイターたちも予想していたらしいが、いわゆる中高年層にも高い支持を得るとはマネージャーも含めて考えていなかったそうだ。

双葉はどちらかといえば童顔《どうがん》だ。小さな顔に、ちょっと目尻《めじり》の上がった猫みたいな大きな瞳が印象的で、人目を引くくらいには綺麗な顔立ちをしている。女の子に間違えられることはないものの、褒められるときの言葉はたいてい「可愛い」だったし、身体《からだ》も小さなほうだ。

だから、というわけでもないだろうが、マネージャーは双葉を一目見るなり、学生向けではないこの店には合わないだろうと決めつけてしまった。アルバイトの面接のときだ。だがその後「見た目で判断するもんじゃないな」と、冗談まじりに苦笑いで考えをあらためたことを教えてくれた。とにかく双葉の評価は上々なのだった。

ランチ営業の終了が近づくと次々と客は帰っていき、やがて二時前には誰もいなくなった。準備中のプレートを出して振り返った双葉は、ほかのアルバイターに手招きされて四人がけの席に着いた。

テーブルには、三人分の昼食がある。まかないというやつで、今日は鶏挽肉《ひきにく》の親子丼《どん》だ。

「おまえ、これからまた学校だろ？」

一年ほどここでアルバイトをしているという古仲は大学三年生だ。センターパーツの肩に近い長さの髪を、いつもは後ろで縛っているが、客がいないいまは解《ほど》いている。

「あ、はい。四、五と入ってて」

「偉いね。俺も入ってるけど出席カード頼んできちゃったよ。ほら、急いで食いな。間に合わなくなるぞ」

「いただきまーす」

時間のない双葉は雑談をしている余裕もなく、目の前で二人の先輩が他愛のない話をしているのを聞いていた。

もう一人は青木《あおき》といって、法学部の二年だという。短髪に眼鏡《めがね》という、いかにも外見からして真面目そうな彼は、古仲と違って積極的に自分から喋《しゃべ》るほうではなかった。

「硬そうな雑誌読んでるじゃん」

青木の丼《どんぶり》の横には、縦に二つ折りにされた薄い雑誌が置いてあった。双葉が見たこともないような誌名だ。

「ああ、ちょっと面白そうな記事があったんで」

「どんなの？」

「ＪＳＩＡ《ジェイエスアイエー》の特集なんですよ」

青木の言葉に、双葉の箸《はし》がぴたりと止まった。すぐになにごともなかったように食事を再開したものの、耳は二人の会話に集中してしまう。

「あー、はいはい。おまえ、就職希望してるんだっけな」

「そうなんですよ。あ、でも僕は法務課志望で、いわゆるエージェントのほうではないんですけどね」

眼鏡を指先で押し上げるようにして青木は淡々と言った。

古仲はふーんと鼻を鳴らしただけで、豪快に飯をかき込んでいる。

ＪＳＩＡとは、とある会社の名称だ。設立は数年前と新しいが、そもそもその業界が誕生したのが同時期であり、業界最大手として知名度も高い。

業務内容は多岐にわたるが、簡単に言うと民間の捜査機関だ。数年前に法の改正と新たな成立があり、民間人に捜査権などの特別な権利が与えられるようになったのを受けて、いくつもの調査会社が誕生した。ＪＳＩＡは最大手にして初の民間捜査機関でもあるのだ。

民間の捜査員――特別調査員の誕生は、既存の組織だけでは国内で起きる事件や事故に対応しきれなくなったことで、国民の不満が募ったことによる。どうしても重大事件が優先されてしまうことになるし、事件が起きる前に動くことが難しいという側面があるからだ。

民間捜査機関は依頼料がかかる警察と考えることもできるが、国から資格を与えられた探偵とも言える。そして特別調査員の資格取得はかなり難しいので、合格した者はまだそう多くはなく、話としては知っているが、実物を見たことがない者がほとんど、という状況なのだった。

「ちょっと見せて」

早くも食べ終わった古仲は、言いながらすでに雑誌を手にして、ぱらぱらと捲《めく》り始めていた。読むというよりは、見出しや小見出しを一通りざっと見るだけだったが、彼は満足したようだった。

「いいよなぁ、うん。カッコいいよ」

エージェント――つまり特別調査員のインタビューも載っているが、写真は顔が隠されている。これは本人の希望らしかった。

気がつけば、双葉も食べるのを忘れて覗《のぞ》き込んでいた。

「興味あんの？」

「えっ……あ、えーと……はい。実は僕も、ＪＳＩＡに入りたいんです」

「おまえも？」

「僕は開発部のほうなんですけど」

「そっか、理工だっけ」

納得した様子で呟いた古仲は、それから感心したように頷《うなず》いた。

「やっぱり多いね」

青木は笑いながら、ようやく双葉の顔を見た。

彼の言う通り、就職先にＪＳＩＡを希望する者はすこぶる多いのだ。同じような会社はほかにもあるが、ＪＳＩＡは特に社員の質が高く、仕事の確実性という点でも評価が高い。同業のなかで、公的機関――つまりは警察からも依頼があると噂《うわさ》されているくらいに信頼が厚いらしい。

「ちょっとしたステイタスだもんなぁ……。ま、エージェントじゃなくてもさ、ＪＳＩＡに友達がいるってだけで自慢できるよ」

冗談なのか本気なのか、古仲はからからと笑って雑誌を閉じると、食事を中断した双葉に向かって顎《あご》をしゃくった。

「早く食わねぇと遅刻すっぞ。バリバリ単位取って、優秀な成績でＪＳＩＡに行けよ」

「あ、やばっ……」

慌てて残った飯を口に入れながら、双葉は世間の認識というものをあらためて知った。やはりＪＳＩＡというのは特別な存在なのだ。

なんだか面映《おもは》ゆいような、誇らしいような、くすぐったい気持ちだった。


マンションに戻ったのは、七時を少しまわった頃だった。

最後の授業まできちんと出た後に、駅近くのスーパーに立ち寄ってから帰っても、この時間には家に着ける。

いい立地だと思う。ましてアルバイト先は、駅を挟んで反対側の徒歩圏内だ。

五階建ての小振りで瀟洒《しょうしゃ》なマンションは、築年数こそたってしまっているが、フロアごとに窓やバルコニーのデザインが違う高級なものだ。オートロックで、一つ一つの住居の間取りに余裕があり、双葉の住む四階もほかに二つしか住居がない。

１ＬＤＫだが、寝室は八畳でリビングは十五畳もある。広いクローゼットに加えて、三畳ほどのフリースペースや納戸《なんど》まであるここは、本当だったら家賃が十八万円以上するそうだ。

それすら立地と広さと設備を考えれば安いほうだというのに、大家の気まぐれで双葉はその三分の一しか払っていない。

とてもほかの住人にこんなことは言えやしない。おかげで双葉は、マンションの住人たちから地方の資産家の子息だと思われてしまっていた。

ジャケットをソファの背にかけてキッチンに入ると、少し多めに米をといで炊飯器をセットした。

野菜や米が定期的に実家から送られてくるので、いまのところ双葉は真面目に自炊をしている。

せっかく大学に行かせてもらっているのだから、少しでも実家の負担を減らしたくて、仕送りは最低限にしてもらった。だからこそ、心配して食料が送られてくるわけだが。

そんな双葉には両親がいない。もともとシングルマザーだった母親が数年前に亡くなったので、双葉は伯父《おじ》夫婦に引き取られて育てられた。

父親のことはなにも知らなかった。名前も顔も、なに一つ教えてもらってはいない。これは伯父夫婦が隠しているわけではなく、母親がとうとう誰にも言わずに逝《い》ってしまったせいだった。

どこの誰とも知れない父親を恋しいと思ったことなどなかった。具体的なイメージなど湧《わ》かなかったし、最初からいなかったから、そういうものとずっと受け止めてきた。それに伯父も伯母《おば》も、二人の従兄弟《いとこ》も本当によくしてくれているから、幻みたいな存在に思いを向けるのは後ろめたいような気さえしてしまう。

だがふいに、昼間の古仲の言葉を思い出した。

「もしかして……無意識？」

中高年の男性に愛想がいいと指摘されたのは、あるいは自覚の外での思慕なんだろうか。父親として十分な年齢と思われる相手に、父性を求めているのだろうか。

「なにが無意識なんだ？」

「わっ……」

いきなり聞こえた声に、双葉は飛び上がりそうになるほど驚いて振り返った。

視線の先には、男が一人立っている。

うんざりするほど背が高く、体格もご立派で、ついでに顔も頭もいいという思い切りイヤミな男だった。おまけに金も地位も持っている。

シャープで整った顔立ちは、相変わらず余裕に縁取られた表情で双葉を見つめ下ろしていた。切れ長の奥の目が、ひどく意味ありげに見えるのもいつものことだった。

「だから、勝手に入ってくるなって」

「西崎のご夫婦から、気にかけてやってくれと頼まれているものでね」

双葉が文句を言うのも、相手が伝家の宝刀を振りかざすのも毎度のことだった。

朝比奈辰征《あさひなたつまさ》というこの男は、このマンションのオーナーにして双葉の恋人だ。ある事件で世話になったことと、彼の職業のおかげで、伯父たちは必要以上に彼を信頼してしまっている。実は恋人なのだと、十代の少年に手を出すような男なのだと知ったら、すぐさま認識をあらためるに違いないだろうが。

「今日は割と早いね」

「いまの仕事がもうすぐ終わりそうでね。とりあえず私のやることはなくなった」

言外に、ほかの者はまだ仕事をしていると告げて、朝比奈は二人がけのソファに腰を下ろした。

この部屋に置いてある家具は、ほとんど朝比奈からのプレゼントだ。もっとも贈り主は、ほぼ毎日このソファに座っているので、実は自分のためなのかもしれない。

「なにか変わったことはなかったか?」

「別に。あ、バイト先のマネージャーが今度代わるってことくらいかな。よくわかんないけど、いまのマネージャーは支店のテコ入れを任されるんだって言ってた。あと、お客さんから映画の券もらったよ。行く?」

「ああ」

「タイトル聞かないの?」

「なんでもいい。付き合うよ」

聞きようによっては甘いセリフかもしれないが、朝比奈の場合は単に映画自体に興味がないだけのような気がした。

どちらにしても、双葉に付き合うために朝比奈は動いてくれるのだ。

自然と顔が緩みそうになるのを引きしめて、双葉は朝比奈の隣に座った。

「でも、仕事のほうは大丈夫なわけ？」

「心配することはないよ。休みなしで働かせるほど、うちの雇用条件は悪くない」

「……いま、何やってんの？」

さり気なく口にしてみるが、朝比奈からの返答はなかった。

わかっている。たとえ恋人だろうと、言っていい依頼内容とそうでないものがあるのだ。

朝比奈は昼間話題になったＪＳＩＡのエージェントだ。それもかなり優秀だという。

個人の性格と適性は別の問題なのだということが、朝比奈を見ているとよくわかった。多少性格に難があろうとも、守秘義務を全《まっと》うでき、倫理観がしっかりしていれば、特別調査員としてなんら支障はないらしい。

現に朝比奈は、三カ月に一度の適性検査を受け、年に一度の資格更新の際、難しい試験をクリアしてきている。特殊な権利を与えられる以上、それは必要なことらしいが、なかには途中で脱落する者もいるようだ。だからこそ、特別調査員——ことに条件の厳しいＪＳＩＡのエージェントであることはステイタスになるのだ。

「危ない依頼じゃないんだよね？」

「心配してくれるとは嬉《うれ》しいね」

「それはだって……一応、恋人だし」

「一応は余計だと思うが？」

言いながらも口元は笑っていた。本気がどこにあるのかわかりにくいこの男は、たいていいつでも余裕の表情を浮かべている。必死になったり、怒ったりという姿が想像できないほどだった。双葉がどんなに憎まれ口を叩《たた》こうと、悪態をつこうと、少しも気分を害することがないのだ。

故意にそうしてみせることはあるけれど、本気ではない。双葉をからかったり、意地悪をしたりするためだけに装うだけだ。

笑みを作る唇が、そのまま双葉の唇に触れてきた。

軽く音を立てるだけで、すぐに離れていったキスは、会えば必ずする挨拶《あいさつ》みたいなものだ。

「……あんたって、やっぱり恋人にする男じゃないよね」

いままでにも幾度となく突きつけてきた言葉だった。恋人になった直後くらいから、双葉はことあるごとに言い続けている。

そして朝比奈の反応も決まっていた。

「こんなに誠心誠意尽くしているのに、つれないね」

「どこがっ」

確かにいろいろと便宜を図ってもらってはいる。やたらと気前よく、いろいろなものを与えられるし、許容できないほどひどいこともされない。基本的には悪い人間じゃないし、むしろ双葉のために動いてくれもした。

しかし誠実という言葉は、朝比奈にはとても似合わない。

だいたい、本当に誠心誠意尽くしていたとしても、自らそうだと言い張ったりしたら、ただの押し売りになってしまうではないか。

少なくとも双葉はそう思っているが、朝比奈に言わせると違うのだ。

「手元に置こうと画策したり、毎日こうして顔を見に寄ったりしているだろう。けなげなものじゃないか」

「けなげって……！」

思わず叫んでから、双葉は唖然《あぜん》としてしまった。

この男に、こんなに似合わない言葉もないだろうと思う。それこそ「誠実」なんかよりもはるかに遠いところにある気がした。

だが朝比奈は、まるで聞こえていないかのように続けた。

「もちろんほかの人間に目を向けたりはしていないし、君のことを優先的に考えている。身体も十分に満足させてやっているはずだが……ああ、もしかして足りなかったか？　そうか、それで不満だということかな」

「違ーうっ！」

油断をすると、とんでもない方向で結論づけられてしまいそうだ。言葉を失っている場合ではなく、双葉は慌てて否定を口にした。

からかわれているだけだとわかっていても、黙っていられない性分《しょうぶん》が恨めしい。

「もういい。この話、終わりっ」

逃げるようにして打ち切りを宣言した。そうすれば朝比奈がそれ以上の深追いをしてこないことはわかっていた。

これが甘い部分だと思う一方で、単なる言葉遊びにすぎないからじゃないか、とも思えてしまう。

ふっと息をつき、恋人になった男を見つめた。

容姿と条件だけ見たら、これ以上の男はそうそういないだろう。だがいかんせん朝比奈は酔狂で腹が見えなくて、自分ばかりがなにかと振りまわされている気がしてならなかった。

「そういえばさ、バイト先の人が法学部の人で、ＪＳＩＡの法律方面専門の部署に入りたいんだって。今日、なんとかっていう雑誌持ってきてたよ」

「ああ……そういえば、うちの社員がインタビューを受けたと聞いたな」

「朝比奈にはそういう話って来ないんだ？」

「持ちかけたところで断るのはわかっているから、最初からまわさないんだろう。だいたいメリットがない」

「でもさ、一般の人の理解を深めるにはいい機会じゃん？」

とかく特別調査員に関しては、イメージや都市伝説めいた話ばかりが一人歩きしている感がある。正しい活動内容だとか実績だとかを、もっと広く知らしめることが無意味だとは思えない。

だが朝比奈は素っ気なかった。

「理解されなくてけっこうだ」

「業界全体のこと考えようとか思わないの？」

「思わない」

あっさりと切って捨てて、朝比奈は双葉の肩を引き寄せた。

恋人としての当然の距離は、双葉にとってはまだ当たり前のものではなかった。そのたびに意識してしまうし、いまも朝比奈の手が置かれた部分が熱くなっている気がしてならない。

一方で自然にそれをやってのける朝比奈は、淡々と言葉を綴《つづ》った。

「ＪＳＩＡには広報もいるし、仕事に不自由はしていないしね。この先、会社がなんらかの理由で傾いたとしても、別の会社が台頭してくるだけだ。そのときはそちらに移ればいい」

「……自信あるんだ？」

「当然だ」

「はー……」

溜《た》め息しか出ない、というのはこういうことをいうらしいと思い知る。

自信の固まりみたいなこの男は、確かにJSIAでもトップクラスだそうで、つまりは特別調査員としてもトップクラスなのだ。

買い手はつくはずだと疑いもしないし、そもそも自分がいる以上はJSIAが傾くはずはないとさえ思っているに違いない。

「なんでそんなに自信持てんの？」

「実績があるからに決まっているだろう」

「ああ……」

「裏づけもないのに自信を持つほど私は愚かではないからね」

なるほど、と思わず納得してしまう。

まだなに一つ形にしていない双葉にとっては、ぐうの音《ね》も出ない言葉だった。

厄介《やっかい》な男だが、言うことは真っ当だったりするから、納得せざるを得ないことを言われたときに、やけに悔しくなってしまうのだ。

「そういえば、あそこをどう使うかは決めたのか？」

朝比奈の視線は、リビングから張り出すような形で存在するフリースペースに向けられている。仕切られていないし、片側はバルコニーと繋がるガラス戸になっているから、あまり大きなものを置くわけにもいかないのだ。

「……決めてない」

双葉にとって広すぎる部屋は、収納が十分すぎてただでさえ空いたスペースが多く、いまのところ活用法など思いつかなかった。

それに朝比奈が水を向けてきた本当の理由は別にあることを、双葉は知っている。

フリースペースの壁には、朝比奈が勝手に作らせたスイッチが隠されていて、それを押すと天井から階段が降りてくる仕組みになっている。

この部屋の上には、朝比奈の住居があるのだ。

もっとも互いにそれを口にしたことはない。双葉はずいぶんと前に気づいたものの、あえてそれを打ち明けていないし、朝比奈のほうも何も言ってこないままだ。いまのように、さり気なく話を振ろうとするばかりだ。

朝比奈は双葉が気づいて文句を言ってくるのを待っているのだった。それがわかっているから、双葉は何も言わないでいるが、おそらくあえて口を噤《つぐ》んでいることすら、向こうは承知なのだろう。

駆け引きともいえないような、稚拙《ちせつ》なコミュニケーション。

朝比奈は、双葉から言い出すのを待ちながら、その過程をも楽しもうとしている。

だが本来は、おそらく意味があって部屋を繫げる工事をしたのだ。特殊な仕事をしている朝比奈が、恋人にした双葉を最も近い場所に置いたのもそうで、万が一のときのことを考えでもしたのだろう。

だがあくまで悪ふざけの形を取ろうとするのが朝比奈という男であると、双葉は認識していた。

(変な趣味……)

それでもやはり、双葉は朝比奈のことが好きなのだ。思い通りになってやるつもりなどは、さらさらなかったが。

朝比奈はきっと従順な相手にはすぐに飽きてしまうだろう。だから双葉は彼の思い通りにならないことで、これからも彼の目を引きつけておきたかった。

そう、実績がないから、自信なんてこれっぽっちもないのだ。

(……なんか、悔しいけど……)

自分ばかりが夢中になっているみたいで溜め息をつきたくなることもしばしばだったが、朝比奈と一緒にいられることの悦《よろこ》びに比べれば、それはとても小さなことだった。

深く考えると気持ちが落ちていってしまいそうだから、断ち切るために無理矢理別の話題に変えることにした。

「あ、そうだ。こないだ言ってたやつ、できたんだ」

双葉は急いで寝室へ行き、小さな銀色のライター――の形をしたものを手に戻った。

意匠のように見せている細工の中にはカメラとマイクが仕込んであり、本体に一時間ほどの録画ができるようになっている。通信装置も入っていて、送信状態にすることも可能なのだった。

こういうものを作るのが双葉の趣味だった。彼にとってはプラモデルを作るのと大差ないことで、作り上げた作品もオモチャみたいなものだと思っている。目的があって作ることもままあるが、たいていは思いつきでやってしまうのだ。

受け取った朝比奈は、それをしげしげと眺め、やがてふっと笑った。

「よくできているな」

「ほんと？」

「試してみて、問題ないようだったら会社に申請してみよう。これは使い道がありそうだからね」

「う、うん……！」

双葉は満面の笑みで何度も大きく頷いた。

自分が作ったものを人に褒めてもらえるのは嬉しい。まして、実際に調査の役に立つかもしれないとなればなおさらだ。ＪＳＩＡには以前にも一度、作ったものが採用されているから、今度もということになれば二度目だ。もちろん、きちんと使用料はもらっている。

顔が笑み崩れそうになるのを必死で引きしめて、双葉はキッチンへと向かった。

ＪＳＩＡという会社の会議室は、あらかじめ使用申請をしておくことで、社員ならばいつでも好きに使うことができる場所だ。申請といっても、けっして面倒なことではなく、内線一本で係の者に伝えればそれでいい。

朝比奈が先に部屋に入って待っていると、ノックの音が聞こえてきた。

「どうも、遅くなりました」

入ってきたのは、布施《ふせ》圭梧《けいご》という名のエージェントだ。朝比奈とそう変わらないくらいに背が高く、見るからに体育会系といったさわやかなハンサムだ。茶色にした髪を立て、耳にピアスをしたいまどきの青年ふうだが、見る者が見れば、そちらにいる若者とは明らかにタイプが違うことはわかってしまうだろう。そういう雰囲気を彼は持っている。

二十六歳という、この資格を持っている者にしてはかなり若いほうだが、優秀さは折り紙つきだ。なにしろ朝比奈が今回のチームに指名したほどなのだ。

「いやー、課長の説教が長くて」

笑いながら言うのは、おそらく半分本当なのだろう。

「なにをやらかした？」

「大したことじゃないんですよ。昨日の件で社用車一台ぶっ壊しちゃっただけで」

頭をかきながら声を立てて笑い、布施は椅子《いす》を引いて座った。

昨日まで扱っていた事件で、布施はその相棒と一緒に車で容疑者を追跡中に、派手なカーチェイスをやらかして車を一台廃車にしたらしい。

朝比奈が見る限り、布施はいつでも一定のテンションを保っている、快活な青年であった。いまも上司からの叱責《しっせき》がまったくといっていいほど堪《こた》えていないらしい。

もっともJSIAのエージェントに、その程度のことを気にする者はいないだろうが。

「相変わらず派手ねぇ」

朝比奈の向かいの席で、一人の女性――里見貴子《さとみたかこ》がおかしそうに笑う。彼女もまた優秀なエージェントであり、朝比奈が指名した一人だ。

年は三十代の頭で、警察官からこちらに転職した口だった。

実年齢よりもずっと若く見える彼女は、服装や化粧で雰囲気がやたらと違って見える人物だ。必要があれば、いかにも水商売ふうに見せもするし、おとなしそうな令嬢といった感じに見せることもできるのだ。

「うちで一番、無茶するわよね」

「や、扱う依頼がどうしてもそっち方面に」

「好きで引き受けてるくせに」

「誤解ですって。里見さんだって、ここんとこ忙しそうじゃないですか」

 布施は話をごまかすようにして、別の話題を持ち出した。雑談は不必要だが、本題に入る前にこの程度のことはよかろうと、朝比奈は口を出さないことにした。

「ストーカー問題が三件連続だったから。もう疲れる疲れる」

「エキスパートっすからね。里見さんにかかれば、どんなストーカー男も目当てが変わるってなもんですよ」

「褒めてもなにも出ないわよ」

「いやいや、本心だし」

ひとしきり軽口を言い合った後で、布施はすっと視線を朝比奈に向け、同時に里見もこちらを向いた。

二人とも表情が、がらりと変わる。

朝比奈は顎を引いて、資料を机に滑らせた。

「代議士の根本邦夫《ねもとくにお》を洗い出す」

前置きもなく言うと、布施はにっと口の端を上げ、里見は鷹揚《おうよう》に頷いた。

「あ、やっぱり。そうじゃないかと思ってたんすよねー、タイミング的に」

「圧力がかかって、動けなくなっちゃったらしいじゃない。大変ね、地検も」

「詳細はそこに載っているから説明はしない。とりあえずこの三人でいくが、必要に応じて増やしていくつもりだ」

「あの、朝比奈さん」

布施は肩の高さに手を挙げた。

視線で促すと、少し言いにくそうに布施は言う。

「穂村《ほむら》に手伝わせちゃってもいいっすか？」

「あら、また君たち連《つる》むの？」

里見がなかば呆《あき》れたように呟いたが、朝比奈としても同意見であった。

「三人じゃ少ないっすよ、たぶん」

話に出た穂村遥佳《はるか》というエージェントは布施とは同じ年で、常に彼とコンビを組んでいる青年だ。彼らは大学卒業後、すぐに養成所に入り、一年後にトップとそれに次ぐ成績で出てきたのだ。これはＪＳＩＡ内では誰でも知っていることだった。

幼なじみだという話だが、いい年をしてベタベタとくっついている彼らの気が知れない。あまりにも始終くっついて歩いているから、最初は恋愛関係にあるのかと思ったがそうではないらしいし、仮に恋人同士だったとしても、朝比奈には仕事にまでその関係を持ち込むことに否定的だ。まして二人して同じ道へ進み、同じ会社に入り、なお自主的にコンビを組むなどというのは、異常なことにしか思えなかった。

たとえば今回のように一人だけ仕事に入ることになっても、一方がほぼ必ず付き合うのだ。メンバーとして会社が認めなかった場合は、有給を使ってまで同じ仕事をしようとする。

どちらが言い出したのかは知らないが、一方がくっついて歩いているのは間違いない。厭《えん》世《せい》観を漂わせる穂村という青年を、布施が放っておけないのだろうと密かに囁《ささや》かれているが、本人たちはまったく気にした様子もなかった。

もっとも仕事は期待以上の成果を上げるから、内心でどう思っていようと個人レベルのことに口を出す気もなかったが。

「邪魔にならなければ異存はないよ」

「どうも」

「ほんとに仲がいいわよね」

なにを言われても、布施は苦笑を浮かべるばかりだ。

あからさまに口にする者はいないが、ＪＳＩＡの内部で、彼らは恋人同士なのだろうと認識されている。

朝比奈の個人的な見解は違うが、あえて口に出すことでもないから、本人たちにもそれらしいことを言ったことはなかった。

「まぁ、いい。具体的な話に入ろうか。ある程度のことまでは調べがついているそうでね。こちらで引き継ぐような形になる」

今回の件はあまり長期化させたくないというのが朝比奈の希望だ。

直接の捜査対象である代議士はともかくとして、その後ろにいると目《もく》されている人物に問題があるのだ。

相手が朝比奈のことが邪魔だと思えば、排除するための画策もしかねない。

身辺には十分に気をつけなければなるまいし、注意深く状況を見て、必要ならば周囲の人間にも気を配る必要がある。

特にごく普通の大学生である双葉は。

だから早く片づけて、普通の環境下に自分を戻したいと切に思った。

それはかつて抱いたことのない新鮮な感情だった。

たった一人の存在によって、こんなにも自分自身が変わっていったのが不思議であり、そして興味深くもあった。


「あーっ！」

あさっての方向から突然聞こえた素《す》っ頓狂《とんきょう》な声が、最初はまさか自分に関係していることだとは思いもしなかった。

そのまま足を止めずに歩いていた双葉は、背後でなおも騒いでいる男の声を、まったくの他人《ひと》ごととして「うるさい」と考えていた。

「その、一年！」

(一年なんていっぱいいるよ)

心の中で悪態をついた直後に、背後で騒々しい足音が響いた。

「おまえだって！」

いきなり肩をつかまれ、双葉はぎょっとしながら振り返った。

「あ……！」

覚えのある顔だった。

以前、朝比奈と待ち合わせていたカフェで、一人でいる双葉をナンパしてきた男だ。女でも男でも守備範囲だというこの青年は、一人で喋りまくった挙げ句、後からやってきた朝比奈に見事に追っ払われたのだ。

そのときの会話――というよりも一方的に相手が喋っていただけだが――で、同じ大学の一年上だということは知っていたが、学部は違うはずだから、そうそう会うことはないだろうと高《たか》をくくっていた。

双葉は思わず顔をしかめた。

「……どなたでしたっけ」

「またまた。いま、わかった……って顔してたじゃん」

「気のせいじゃないですか。僕、急ぎますので。それじゃ」

ぺこりと頭を下げてそのまま立ち去ろうとしたものの、相手は簡単に解放してくれるつもりはないようだった。

「待った。今日はナンパじゃないから、だから話を聞いてよ」

「だから急ぐんです。これからバイトだし」

「じゃ、駅まで話しながら。それだったら問題ないだろ?」

気分の問題がなによりも大きいのだということは、さすがに口にはしなかった。いまのところ相手の機嫌は悪くなさそうだが、まだ目的は知れないし、迂闊《うかつ》なことを口走って逆上させるようなことはしたくない。

溜め息をつくことで双葉が了承を示すと、坂上晃治《さかがみこうじ》と名乗った青年はすぐさま話の本題に入った。

「このあいだの男さ、あれって何者?」

「どういう意味ですか?」

「あれは、ただ者じゃないだろ。でも筋者《すじもの》って感じはしないし、刑事とかって雰囲気でもないんだよなぁ」

話の展開は予想外のものだった。朝比奈のことを持ち出すだろうとは思っていたが、それはあのとき、坂上に恥をかかせたことへの恨み言の類《たぐい》だと思っていたのだ。

だがどうやらその気配はなさそうだった。

「会社員ですけど」

「絶対、嘘《うそ》だ」

「別に信じなくてもいいですけど、僕は嘘ついてませんから」

語調を強めて言い切ると、さすがに相手はなにも言わなくなった。実際に双葉は嘘などついていない。ＪＳＩＡはれっきとした民間会社であり、そこに所属している朝比奈は、間違いなく会社員なのだから。

「なんかさ、すげー興味があんのよ」

ぎょっとして坂上の顔を見ると、意味を悟って彼は慌てて手を振った。

「違う、違うよ？　別に変な意味じゃなくて、純粋な好奇心……というか、取材対象者としての興味っていうか」

「取材？」

「うん。学内誌で、エクセルっていうの出てるんだけど、知ってる？」

「知りません」

迷わず即答した。本当にわからなかったのだ。もしかしたら目にしたことがあるのかもしれないが、記憶には留まっていなかった。

坂上は苦笑した、

「そんなきっぱり言わなくても……まぁ、いいや、とにかく俺はそれ出してるとこの人間なわけよ。で、実はジャーナリスト志望でもあるわけさ」

「……はぁ」

双葉は気のない相づちを打ち、明後日の方向を見た。坂上の自己紹介は、いやな予感を抱かせるには十分だった。

「もしかして、例の特別調査員とかじゃないの？」

いきなり核心を突かれ、あやうく反応しそうになったがなんとか押さえ込む。当てずっぽうか、それとも本当に鼻がきくのか、とにかく彼の言うことは間違っていなかったが、素直に認めるわけにはいかなかった。

自然と歩調は速くなった。

「なに言ってるんですか」

「スパイとか殺し屋とか言い出すよりは、よっぽど現実的だと思うけど？」

「問題外でしょ、それは」

そんなものは小説やドラマのなかの存在だ、と言おうとし、特別調査員もそう大差ないことに気がついて黙り込んだ。身近になってしまったから感覚が麻痺《まひ》しているだけで、最初は双葉も珍獣でも見たような気分だったのだ。

「とにかく、俺はただの会社員なんて説明では納得しないよ。気がすむまで調べさせてもらうからさ。とりあえず君の名前とか教えて？」

「調べたらどうですか」

にべもなく言い放ち、双葉は前を向いたまま、すたすたと歩いていく。

「顔の割にきっついなぁ」

「それじゃ、バイトがあるので」

一方的に話を打ち切って改札に駆け込んだ。

しつこくついてくるかと思ったのだが、今日のところは宣言だけのつもりらしく、肩越しに振り返ると手を振っている坂上の姿が見えた。

ほっと息をつきながら、小走りにホームへと向かう。

今日はともかくとして、そのうちに家を突き止められてしまうかもしれない。

双葉にとっては厄介、というほどのことではないけれど、面倒ではあった。だが朝比奈にとっては、それじゃすまないんじゃないだろうか。

メディアに顔を出す気はないと彼は言った。主義とか気分とか、そういう単純な問題ではなく、仕事上の問題なのかもしれない。確か、メディアに登場した人は、民事事件や人捜しなどを扱うエージェントだった。刑事事件の朝比奈とは立場も違うのかもしれない。

迷惑がかかったらどうしよう。

帰ったら朝比奈にこのことを言って、どうしたらいいかを相談しなくては。

電車に揺られながらあれこれと考えているうちに、降車駅に到着してしまった。家とは反対側に出て、店へと向かおうとした途端、思いがけず朝比奈の姿が目に入った。車で通っている彼がこんなところにいるのはひどく珍しいことだ。

思わず駆け寄ろうとした足を慌てて止めた。

一瞬だけ朝比奈がこちらを向いて目があったが、すぐに外されてしまったからだ。

(あれ……?)

予想外の反応に茫然《ぼうぜん》とし、すぐに「もしかしたら」の考えを頭に思い浮かべた。なにをしているのかはまったくわからないが、朝比奈は仕事中なのだ。だから双葉を無視したのだろう。

そういえば、ここ最近、朝比奈が外で食事をしようと言わなくなった。なにか新しい仕事が入り、それが忙しいせいだろうとは思っていたのだが、あるいは外で会わないほうがいい事情があるのかもしれない。

双葉は視線を外して、歩き出した。

今日の夜にでもいまの話をしてみようか。そうすれば、双葉の推測が正しいか否《いな》かの答えくらいはもらえるだろう。

人からはわからないくらいに小さく頷いて、朝比奈の視線が向けられているかもしれないと思いつつ、双葉は足早に駅を後にした。

店内は照明が落とされ、静かに音楽が流れている。ピアノ曲は柔らかなメロディで、存在を主張することなく、気がつけば流れているという程度の音量だ。

双葉のアルバイト先の客層は悪くないほうだろう。酔って大声を出す人がいないとは言わないが、店員が絡まれているところを双葉はまだ見たことがなかった。

「お待たせしました。海老《えび》しんじょの湯葉《ゆば》巻き揚げです」

にっこりと笑いながら客の前に皿を置くと、一人で来ている常連客は、つられるようにして笑って追加オーダーを口にした。

「これと同じのを」

年はおそらく四十前後というところだろう。朝比奈よりは間違いなく上だろうが、落ち着いた穏やかな印象の紳士だった。

「はい、日高見《ひたかみ》の純米大吟醸《だいぎんじょう》ですね。かしこまりました。少々、お待ちください」

常連の好む酒や料理の傾向はだいたい記憶している。特にこの客はいつも一人でカウンター席にいるから、双葉の印象に残っているのだ。

厨房にオーダーを送り、空いたテーブルの上を片づけていると、店の入り口が開いて客がふらりと入ってきた。

「いらっしゃいませ」

言ってから相手の顔を見て、双葉は顔を引きつらせた。

坂上だった。どうやって突き止めたものか、しれっとした顔で手を振りながら、ずかずかと入り込んでくる。

もっとも、客ならば入ってくるのは当然なのだが、坂上のようなタイプの客はほかにはいない。一般的な居酒屋チェーン店に比べて金額設定が高いのと、騒げる雰囲気ではないのとで、学生ふうというだけで浮いてしまうからだ。

「お一人様ですか？」

双葉は笑顔を浮かべ、坂上に言った。

「うん」

「こちらへどうぞ」

どうやら客らしいから笑顔を向けないわけにもいかず、双葉はカウンター席に坂上を通した。先ほどの紳士の座る席とは、一つ空けた場所にした。そこしかなかったのだ。

上手《うま》くまいたと信じていたのは、どうやら間違いだったらしい。あのとき安心してしまい、後ろを振り向かなかった双葉の後を、坂上はまんまとついてきたのだろう。

突き止められたのが家でなくて幸いだった、というのが正直な気持ちだった。

「友達？」

おしぼりとメニューを用意しているところへ、古仲がそっと話しかけてきた。

「違います。同じ大学の一つ上らしいんですけど、なんか……つきまとってきて」

「えっ、それってストーカー？」

「そういうんじゃないですよ。僕の知り合いにちょっと変わった人がいて、その人のことしつこく聞きたがってるんです。困るんですけど……」

「俺がオーダーに行こうか？」

気遣ってくれる古仲に、双葉はかぶりを振った。

「大丈夫です。大したことないですから」

「そうか。んじゃ、やばそうになったら遠慮すんなよ」

「はい。ありがとうございます」

双葉は大きく頷いて、坂上のところへと戻った。

箸置きと箸を置き、おしぼりを広げて手渡す。そのあいだ、坂上はじっと双葉の一挙手一《いっきょしゅいっ》投足《とうそく》を見つめていた。

「ふーん……」

「先にお飲み物のオーダーをお伺いします」

「えーとね、ウーロン茶。俺さ、実は酒飲めないんだよね」

それがどうした、と言い返したいところをぐっと呑《の》み込んだ。どうしてこの男は、聞きもしないことをべらべらと喋るのだろうか。

「かしこまりました。ご注文がお決まりになりましたら、お声をおかけください」

「ねぇ」

急いで下がろうとした双葉は、声を向けられて仕方なく足を止めた。客の呼びかけを無視するわけにはいかなかった。

「名前、西崎双葉っていうんだ?」

笑いながら、ネームプレートを指差された。着物を意識したデザインの制服は、胸のところにプラスティックのプレートがついているのだ。

してやったりの顔で坂上は笑っていた。名前を知るためだけに店に入ってきたのだとしたら、ずいぶんな物好きだということになる。あるいはそれだけ本気だということなのか。

いずれにしても、双葉にとっては溜め息をつきたいことだった。

「可愛い名前じゃん」

「……メニューをどうぞ」

まったく手に取ろうとしない坂上の代わりに、双葉はテーブルに置いたメニューを広げてオーダーを促した。

「バイト、何時まで？」

「西崎くん。追加の日高見はまだかな」

「は、はいっ」

やんわりとかけられた声に、双葉はこれ幸いとばかりに振り返った。こちらを見つめている紳士の表情は、声音《こわね》と同じくらいに柔らかい。

苛立《いらだ》っているわけでも、まして本気で急かしているわけでもなかった。

「申し訳ありません。ただいまお持ちいたします」

助け船に乗って坂上から逃げ出し、双葉が奥へと引っ込むと、待ち構えていたように、青木が用意していた酒を渡してくれた。

「いや、実はさっき行こうとしたんだけど、あのお客さんが目で止めたんだよね」

「え……？」

ほうける間もなく盆に載った冷酒を渡されて、双葉は慌ててカウンター席へ取って返した。

坂上から離れたほうからまわり込むようにして先ほどの客に近づき、お待たせしましたと声をかけてテーブルに酒を置く。

「あの、ありがとうございました」

「なんのことかな」

さらりと返されてそれ以上は何も言えなくなったところで、遠慮のない声が飛んできた。

「オーダー取ってよ」

「あ、はい。ただいま」

渋々向かおうとするより先に、青木が返事をして坂上の横に立った。

双葉はぺこりと軽く会釈して、ほかのテーブルから空いた皿を下げて戻る。嫌なことと、いいことが同時に起こり、気分は少し複雑だった。


自宅のフリースペースにある壁のスイッチを目の前にして、双葉はもう十分以上も迷っていた。

指を近づけては下ろし、また持ち上げては近づけるといったことを、先ほどから何回となく繰り返しているのだ。

他人の家に、無断で入ってはいけない、それは当然のことだ。しかしながら双葉が受験のためにホテルに泊まっていたときから、朝比奈は無断で人の部屋に入ってきていた。

だったらいいじゃないかと、頭の中で囁く声がした。

留守中に部屋に入る必要もないのだが、目の前にこんなふうに仕掛けを突きつけられて、それを触らないまま我慢するのも、もう限界だったのだ。

「えいっ……！」

勢いをつけてボタンを押すと、天井の一部が開いて階段が自動で降りてきた。

普通の階段より角度はあるが、つかまらなくてはならないほど急でもない。双葉はいくらか緊張しながらゆっくりとそれを上がっていく。

朝比奈の部屋に足を踏み入れるのは初めてのことだった。

どういうわけか、これまでその機会がなかったのだ。こんなに近いし、仮にも恋人なのだから、いくらだって家に上がる機会がありそうなものだが、朝比奈が一度も誘いの言葉を口にしなかったので、双葉も意地になって行くとは言わないできた。

床をすり足で進んで、壁を手で伝って照明のスイッチを見つけた。パチンと軽い音がして、室内が明るくなる。

照らし出された室内を見て、思わず溜め息が出た。

どうやらここもフリースペースらしい。双葉の部屋と同じくなにも置いていなかったが、広さは五畳ほどはありそうで、壁とドアで仕切られている独立した空間だ。

なにもない部屋から下へと続く階段が伸びているさまは異様な感じがした。

「……誰か来たら、どう説明する気なんだよ」

双葉の部屋は、よく見ないと天井や壁の一部に細工がしてあるとはわからないが、こちらは一目でそれとわかってしまうのだ。とはいえ朝比奈のところに来客があるとは思えない。

来るとしても仕事関係の人だけだろうし、この部屋に通すことはないだろう。

「ま、いいけど」

しょせんは他人のことだと思い、その単語になんだか寂しさを覚えてしまった。

一度も来いと言ってくれない朝比奈に、不満がないとはけっして言えない。いくら朝比奈のほうから毎日来てくれるとはいっても、まるで自分のテリトリーに双葉を入れることを許してくれないみたいで寂しかった。

意地でもそんなことは言ってやらないけれども。

「とりあえず、出よう……」

ドアを開けて廊下へ出て、スイッチを探しながらリビングルームを探した。とりあえず、そこで待つのが妥当だろうと思ったのだ。

最初のドアはいくつかのトレーニングマシンが置いてある部屋だった。

それから別のドアを開くと、今度は寝室に当たった。こんな広い寝室が必要なのだろうかと思うほどの面積があるのに、置いてあるものといえばベッドとシェードランプくらいなものだ。装飾品といえるものはおろか、家具すらろくにない。もっとも作り付けのクローゼットがあるから、必要はないのだろうが。

三つ目のドアで、ようやくリビングルームに辿《たど》り着いた。

ここも呆れるくらいに広い空間だ。

「なんでこんな無駄に広いんだか……」

嘆息しながら、双葉はそのまま部屋の中を見てまわった。

使った形跡がほとんどないキッチンやダイニンググルーム。せっかく大きなバスタブなのに、シャワーしか使っていないだろうバスルーム。

もったいない、と呟きながらリビングに戻った双葉は、大きなソファにちょこんと座った。標準の体格の人間ならば、四人は並んで座れそうな大きなソファは革張りで、座り心地が極めていい。

思わず横になってみて、これならば昼寝をしても気持ちいいんじゃないかと想像してみた。日当たりのいいこのリビングで寝るのは、さぞかしいい気分だろう。

「やっぱり、もったいないって」

こんないい部屋に、家主はほとんど居座らないのだ。もったいない上に、家が可哀相《かわいそう》とまで思えてしまう。

金のある人間の考えていることは理解できない。もっとも朝比奈の場合は、資産の有無《うむ》には関係なく理解が難しいだろうけれども。

「……あれ?」

双葉ははたと気がついて、きょろきょろと室内を見まわした。

セキュリティーシステムが作動している気配がない。双葉はキーを持っていないから、室内で人が動きまわればシステムが警備会社に知らせてしまうはずなのに。

「なんで？」

朝比奈がたまたまシステムを作動し忘れて出かけてしまったのだろうか？　人間だから、うっかりということはあり得るわけだが、朝比奈に限ってそれはないような気がする。だからといって、実は朝比奈が在宅だということもない。図らずも双葉がこの目で確認したところだ。

とはいえクローゼットを開けたりしたわけではないので絶対とは言えないが、まさかあの男がこっそりあんなところに隠れている、なんてことはないだろう。

「ぷっ……」

隠れている姿を想像したらたまらなくおかしくなってしまった。双葉は笑いの衝動に負けてソファに寝そべったまま足をばたつかせた。

それが収まらないうちに、唐突にリビングの扉が開いた。

「楽しそうだね」

「わ……」

朝比奈はいつものように涼しい顔で、まったく驚いた様子も見せずに入って来る。留守中に人が入り込んでいたのだから、少しはそれらしい反応があってもいいはずなのに、むしろ双葉のほうが驚いてしまった。

「お……おかえり。あ、お邪魔してまーす」

双葉はソファの上で正座をし、堂々と言い放った。少し驚いたものの、ただ家主が戻ってきただけのことだ。動揺するほどのことでもなかった。

朝比奈はますます楽しそうに口元を歪《ゆが》めた。

「勝手に入りはしても、挨拶は忘れない、と。まったく愉快な子だな」

「入り込んだのは僕の好奇心で、挨拶は母親と伯父さんたちの躾《しつけ》って感じ。ていうかさ、あんただってよく勝手に入ってくるじゃん。おあいこ」

「ところで、なんの用かな」

さらりと問われて、双葉はムッとした。

「自分は用もなく毎日来てるくせに、それ言う？」

「来てくれたのは初めてだろう？」

「そうだけど……って、どうやって入ったのか、とか聞かないの？」

「あの階段以外にないと思うが？」

当然のことを聞くなと言わんばかりの口調に、言おうとしていた言葉が出なくなる。なんだかバカバカしくなってきた。

用意していた言葉の代わりに、ふと浮かんだ疑問を口にすることにした。

「あのさ、もしかして、僕が入ってくるの予想してた？」

「ああ」

「……それって、駅で会ったから？」

「正解だ」

朝比奈は楽しそうに目を細めて笑う。まるで出来のいい教え子に満足をする教師のようだ。ならばセキュリティーシステムが作動していなかった理由も納得だった。

「一度、会社に行ったから、その前に寄ってシステムを解除しておいた。なにか言いたそうな顔をしていたのでね」

「ああ……そう」

言いながら双葉は溜め息をついた。

そんなに自分はわかりやすいのだろうか。あんなに遠目で、しかも一瞬のことだったのに。

真剣に考えかけて、はたと気がついた。真に受けてはいけない。本当かもしれないが、朝比奈のはったりという可能性だってあるのだ。

どちらだろうと興味はないので、双葉は本来の目的を果たすことにした。

とりあえず、坂上のことを話すというのがここへ来た大義名分だった。

「あのさ、前に待ち合わせした店でナンパしてきたやつがいたの、覚えてる？」

「ああ、もちろん。からかい甲斐《がい》のない男だったたね」

朝比奈は考えるそぶりもなく、すぐに軽く頷いた。

「今日、会っちゃったんだよ。つきまとわれちゃったというか……」

そう口にした途端に、すっと空気が下がったように感じたのは双葉の気のせいではないだろう。だが見た目はまったく変わらず、口元には笑みさえ浮かべていた。

「それで？」

「うん、それがさ、あんたのこと教えろって言うんだよ」

「どういうことだ？」

ここでようやく朝比奈は怪訝《けげん》そうな表情になった。彼にとっても、極めて予想外のことだったらしい。

双葉は手短に、坂上の言葉を伝えた。

「でさ、上手くまいたと思ってたんだけど、店にまで来ちゃって」

「客として？」

「そう。客だから、追い出すわけにもいかなかったし……」

思わず深い溜め息をついてしまった。

坂上は確かに客だったが、ウーロン茶を一杯と、デザートを一つ頼んだだけだったのだ。正直なところ歓迎できない客だった。古仲なども、喫茶店じゃないんだぞとぶつぶつ文句を呟いていた。

「名前、バレちゃった。バイト中はネームプレートつけてるからさ」

「隠すわけにもいかないだろうしね。それで、家も突き止められたというわけか」

「あ、たぶんそれはまだ大丈夫……のはず」

絶対の自信ではないものの、きっぱりと告げた双葉に、朝比奈は意外そうにしてみせた。言葉ではなくその態度で、理由を言うように促しているのだ。

「先輩たちが裏にタクシー呼んでくれて、ちょっと遠まわりしてから帰ってきたんだ。ワンメーターだったけどね」

「なるほど。だが、時間の問題だろうな」

「だね」

双葉もそう思っていたから、素直に頷いてみせた。まさか毎日タクシーを使うわけにもいかないし、友達に口止めをしたところで、別のどこかから漏《も》れることは大いに考えられる。

「あの……大丈夫?」

「なにが?」

「だって学内誌っていっても、けっこう作ってるみたいだし、誰が見るかわかんないしさ。それがきっかけで、仕事やりにくくなったりとか、危険が増えたりとか……ない?」

朝比奈の迷惑になってしまうのは嫌だった。まして自分がきっかけで人に、それも恋人になにかあったら、もうどうしていいのかわからない。

じっと見つめて問うと、朝比奈の目が少し表情を和《やわ》らげた気がした。

「考えすぎだな。そういうことはないから安心しなさい。それに手は打つつもりだ。うるさいハエは、すぐに追い払うよ」

「……って、誰かになにか頼むの？」

口振りから判断して尋ねると、朝比奈は鷹揚に頷いた。

「もしかして、布施さんか穂村さんに頼もうとか思ってる？」

「そうだ」

よくわかったと言わんばかりに頭を撫《な》でられる。こういうしぐさは、いつでもとても優しくて、油断すると意識が睡魔に捕らわれそうになってしまう。

撫でられるのを子供扱いだと思うほど、双葉は子供ではなく、あくまで恋人への愛撫《あいぶ》なのだということは理解していた。

問題なのはむしろ、たったこれだけのことで気持ちよくなってしまう双葉のほうだろう。

「いまは仕事で動けないのでね」

「あ、そういえば今日も仕事中だったんだよね？　あれって尾行とか張り込みとかっていうやつ？」

「想像に任せる」

さらりとかわす言葉は、終わりの合図だ。

不満を残しながらも、双葉は鼻を鳴らした。本心とは裏腹に、しつこく食い下がることはどうしてもできなかった。

呼びつけた部屋に姿を現したときから、穂村遥佳は不満を隠そうともしなかった。いつもは人形のように作り物めいた顔が、露骨に不機嫌をあらわにしているのは珍しいことだ。もっとも朝比奈に対しては、たまに見せる表情だったが。

「クライアントの、朝比奈だ」

すっと手を差し出すが、穂村は書類を持った手を横に垂らしたままだ。朝比奈を睨《にら》み据え、ドアを背にして突っ立っている。まるで宿敵と対峙《たいじ》しているかのような態度だった。

「今度はなんの真似《まね》ですか」

不機嫌さと警戒心がないまぜになった声の調子が、朝比奈の口元に浮かんだ笑みをより濃くした。

「依頼書は見たはずだ。その質問は無意味だね」

「じゃあ質問を変えます。どうして俺を指名したんですか？　そうしてくれって、頼まれたんですか？」

探るような響きに、朝比奈は少しだけ眉《まゆ》を上げた。

「どういう意味かな」

「俺をあっちの件から外せって、布施に言われたんじゃないんですか？」

「明らかに考えすぎだね。今回のことは、ほかの誰も関係ない。信頼できる人間に頼みたかったというだけのことだ」

「詭弁《きべん》にしか聞こえません。俺である必要なんてないはずだ」

　こんなつまらない依頼に……と、穂村は心のなかではそう呟いているのだろう。

　確かに客観的に見れば、それ以外に言いようはなかった。朝比奈は双葉から相談された件を穂村に依頼したのだが、事件性はなく、坂上という男は他人に危害を加えるような男ではない。つきまとわれているのが双葉でなければ、放っておくような話だ。

　そう、危険はないだろう。ただし害はある。双葉につきまとっているというだけで、朝比奈にとっては十分なほど害のある男だった。極めて主観的な見解だということは自覚している。だがそんなことはおくびにも出さず、朝比奈は理詰めで押した。

「なにが不満だ？　れっきとした仕事だろう。私は正規のクライアントだ。正式な手順を踏んで君に依頼したし、君にはいま、ほかに抱えている仕事はない。つまり、断ることは君のエージェントとしての信用に関わる」

　冷静に理屈を突きつければ、それについて穂村はなにも言い返してこなかった。つまりは納得せざるを得ないということなのだ。

代わりに、吐き捨てるように言った。

「過保護もいいところだ。いっそ笑えますよ」

「かまわないよ。笑うといい」

「あんたって、本当に嫌なやつだ。あの子の気が知れないな」

憎まれ口を言うくらいしかない穂村は微笑《ほほえ》ましいほどだが、朝比奈は感情を表に出すことなく黙っていた。

口や態度に出そうものならば、穂村はますます態度を硬化させることだろう。

「本当は、自分で動きたいんでしょう」

明らかに余計なその一言は逆襲のつもりらしいが、朝比奈は動じることなく笑みを浮かべた。

「もちろん。動ける状態でありさえすれば、すぐにでも害虫の駆除をしたよ。依頼する時間で、とっくに片がついていただろうね」

「……そうでしょうね」

突き放すように言った穂村は、なにを言っても無駄だと諦《あきら》めたように口を噤んだ。開き直った朝比奈に彼が敵うはずもなかった。

「言いたいことが終わったなら、すぐ仕事に入ってもらおうか」

「わかりました。方法は任せていただけるんですよね」

「もちろん。双葉への負担がないことが前提だがね」

「そんなことは言われるまでもありません」

バカにされているとでも受け取ったのか、結局、穂村は始終不機嫌のまま、書類を手にして退室していった。

本心から納得したわけではないだろうが、仕事として引き受けた以上はきっちりと片をつけてくれる男だ。その点においても、朝比奈は穂村を信頼していた。

当の本人は、どうやら「朝比奈から信頼されている」こと自体を信じていないようだが。

(考えてもみろ。信頼していなければ、どうして双葉に関係することを一任できる?)

もうここにはいない青年に向かって語りかける。

彼の指摘はまったくその通りだった。本当は穂村に頼むのさえも本意じゃなかった。双葉に関することならば、たとえそれがどんなつまらないことであっても、他人の手に委《ゆだ》ねたくはないのだ。

仕事さえなければ、自分を指名してきたあの依頼さえなければ、あのふざけた大学生が二度と双葉に近寄れないようにしてやったものを。

現状では、仕方がないのだが。

穂村を指名したのは、彼を信頼しているというほかに、おそらく容赦のない方法を取るだろうとわかっているからだ。

けっして話し合いなどでは解決するまい。

能力ならば、布施でもかまわなかったのだから。

だがあえてそこを穂村にした理由は一つだ。

(それくらいは、しないとね……)

双葉にちょっかいをかけてきた報いとしては、むしろ手ぬるいだろう。

朝比奈は携帯電話を取り出して、双葉のナンバーを呼び出した。この時間ならば、まだ大学にいるはずだった。

数回のコールで電話は繋がり、故意に素っ気なくしたような双葉の声が聞こえてきた。

『はいはい、なに?』

「うるさいハエ対策の件だが、穂村に任せたよ。いまから動くそうだから、一応知らせておこうと思ってね」

『ふーん……穂村さんなんだ?』

「不服か?」

『そうじゃないけど、説得とか話し合いとか、上手くなさそうに見えるからさ。布施さんのほうがそういうの得意そうじゃん』

さらりと告げられた言葉に、朝比奈は思わず目を細めた。

話し合いによる解決しか考えていないところが、双葉の極めて健全なところであり、朝比奈が好む部分の一つでもあった。

『それにさ、穂村さんだってＪＳＩＡのエージェントなわけだし、坂上にそれバレたら、追っかけまわされちゃうかもよ？』

「方法は穂村に任せてある。そのあたりは、本人の判断に任せるしかないな」

『ん……なんか、変なの拾ってきちゃってごめん。余計な手間、かけさせちゃったし……』

双葉にしてはしおらしい態度だ。

朝比奈が思っているよりも、彼は今回のことに責任を感じている。実害があったのは自分だというのに、まだ可能性にすぎない朝比奈への影響を心配する双葉がたまらなく可愛く、愛《いと》おしい。

そして、すでに自分自身は坂上の目当てから外れているのだと、頭から信じている鈍ささえも。

あわよくば……を狙《ねら》っていないなどと誰が言えるというのか。むしろ朝比奈が危惧《きぐ》しているのはそちらだというのに。

『朝比奈？』

「ああ……そんなことはいい。こちらも、鬱陶《うっとう》しいのはごめんだからね」

本心を明かすことはあえてしない。双葉はあくまでも、朝比奈のことを探ろうとした一件のみで考えているはずだ。主目的はむしろ双葉のガードだと知ったら、どんな顔をするだろうか。

自然に口元には笑みが浮かんだ。

「とりあえず、好奇心で余計なことはしないことだ。邪魔になるからね」

『わかってるよ。用事ってそれだけ？』

「なんだ、愛しているとでも言ってほしいのか？」

思わずからかってやると、かすかに息を呑む気配がして、直後に電話が切られた。

こちらがなにかすれば、双葉は確実に期待した通りかそれ以上の反応をしてくれて、朝比奈を楽しませてくれる。しかも必死に反応すまいと頑張りつつ、抑えきれずに動いてしまうことに、軽い自己嫌悪を覚えているらしい。

それがまた、朝比奈にしてみれば微笑ましくもあるのだ。

「退屈しないな……」

本当に可愛らしく、そして愛おしい生き物だ。

帰ったら、どうやってまた遊んでやろうかと考えながら、朝比奈は応接室を出ていった。


きょろきょろと周囲を見まわして、双葉は肩から力を抜いた。

朝比奈からの連絡を受けた後から、しきりに周囲の様子を気にするようになってしまった。果たして穂村が双葉のすぐそばまで来るのか、それとも近づかずにことをすませるのかは、いまのところわからないのだ。

「どうかしたの？」

「ちょっと、知り合いが来るかも……」

「ふーん。それ、こないだ声かけてきたってやつ？」

「ああ、違う違う。本当に知り合いなんだけどさ」

言いかけた途端に、穂村の姿が目に飛び込んできた。顔がよく見えないほど遠くても、すぐにわかるシルエットだった。

立ち止まったまま動かないところを見ると、どうやら向こうから近づいてくるつもりはないらしい。

ならば、と双葉は瞬時に決意した。

「じゃ、また明日。ばいばい」

「お、おお……」

友人たちを置き去りにして、双葉は駆け足で穂村のところへ寄っていった。ゆっくりと近づいたら、逃げられてしまいそうな予感がしていた。

近づくにつれて見える顔には、相変わらずほとんど表情というものがない。それでも、双葉のこの行動に驚いているように思えた。

「こんにちは」

「……どうも」

にっこりと笑いかけているのに、返ってきたのは愛想のない言葉だった。だがいまさら気にはならない。彼がこういう人だということは理解していた。

「わざわざこんなことで、すみません」

「仕事だから」

「いや、まぁそうなんですけど……」

まったくとりつく島もありはしない。

嫌われてはいないと思っているし、布施からもお墨つきはもらっているのだが、こうも素っ気なくされると、どうしたらいいものかと困ってしまう。

「えっと……」

「うるさいハエっていうのは、あれだろ？」

顎をしゃくる穂村の視線を追うと、果たして坂上がこちらを見ているところだった。じっと見つめたまま視線を外さない。

一緒にいる穂村は誰かと、探っているような目だった。

「あ、そうです」

「じゃ、話つけてくるから、君は帰ってて」

「え、でも……」

「いられると困るんだ」

冷たく言われてしまうと、双葉には返す言葉もなくなってしまう。悪意はない、という布施の言葉すら、信じられなくなってしまいそうだ。

しゅんとしてしまった双葉を見て、穂村は小さく嘆息した。

「……つまり、君に負担をかけない形にしたいってことだ。それが朝比奈さんとの契約でもあるし、俺は一分でも一秒でも早く、この依頼を片づけたいんだ」

「あ……はい」

双葉が頷くと、穂村の雰囲気はほんのわずかにではあるが和らいだ気がした。いまのは彼なりのフォローだったらしい。

肩から力が抜けたのも束《つか》の間、坂上が自分からこちらに近づいてくるのが見えて、双葉はまたにわかに緊張した。

いたら困る、と話していた矢先だったのに。

穂村が漏らした小さな嘆息は、おそらく状況に対する諦めだろう。

彼は坂上がすぐ近くまでやってくると、前置きもなく言った。

「西崎くんにつきまとってるっていうのは、君か」

「あんたは……？」

面食らったように坂上は視線を動かした。

穂村は身体は大きくないのに、やけに威圧感がある。おまけに人形めいた美貌《びぼう》の持ち主だ。有《あ》り体《てい》にいうと坂上は雰囲気に呑まれてしまっていた。

「この子の保護者から依頼されてきた」

「依頼……？」

問いかけに対して、穂村は黙ってＩＤカードを見せた。

途端に坂上の表情が変わる。それはそうだろう。接触したくて仕方がなかったＪＳＩＡのエージェントが目の前にいるのだ。

それにしても、こんなにあっさりと身分を明かして大丈夫なのだろうか。

坂上が興味を抱いているのは、双葉ではなくてＪＳＩＡのエージェントだということを、当然彼は承知しているはずなのに。

口を挟むこともできなくて、ただ穂村の顔を見ているうちに、坂上が口を開いた。

「マジで？　あんたが、そうなの？」

「別に信じなくてもいいけど、仕事はさせてもらう。まぁ、悪くない仕事だったかな。思ったより男前だ」

婉然《えんぜん》と微笑む穂村を、双葉はなかば茫然として見つめた。

彼が笑うところを初めて見たが、これは間違いなく作りものだ。坂上にそれがわかるかどうかは定かではなかったが……。

「ふーん、あんたも綺麗じゃん。なんか、俺が抱いてたＪＳＩＡエージェントのイメージとは全然違ったな」

「興味ある？」

「もちろん」

「ＪＳＩＡのエージェントのことを知りたいんだろ。だったら、自分で知れば。君の好奇心を満たしてやるよ」

穂村は返事も聞かずに背中を向けた。ついてこいともなんとも言わなかったが、エサに釣られる動物みたいに坂上は後をついていく。

双葉のことは、ちらりと一瞥《いちべつ》しただけだった。

「どうする気だろ……」

説得なんていう方法は想像がつかない。双葉の知る穂村遥佳は無口で、けっして弁が立つほうだとは思えないからだ。

気になって、双葉は二人の後を追った。

彼らの姿はずいぶんと遠くに見えた。駅前を通り過ぎ、彼らが曲がった角を、たっぷり一分以上は遅れて曲がったとき、双葉は思わずぎょっとして足を止めてしまった。

追いかけていた後ろ姿が、派手な看板を掲げたホテルのなかに入っていくのが見える。もちろんビジネスホテルでもシティホテルでもなかった。

「……穂村さん……」

双葉は茫然とその場に立ち尽くしていた。

だが、やがてはっと我に返り、慌ててきびすを返した。

こんなところで待っているわけにはいかない。まして踏み込んでいくことなどできなかった。仕事の邪魔をするなと言われていたこともあるし、あんなところに一人で入っていく勇気もないからだ。

困惑を抱えながら、駅へと戻った。

「違うよな……うん。単なる話し場所」

何度も言い聞かせて自分を納得させようとするが、胸の内は少しも晴れない。

ホテルである必要はないはずなのだ。そこらの喫茶店でもいいはずだし、もしも人に聞かれたくないのであれば、駅前にはカラオケボックスだってあった。

頭の中が穂村たちのことでいっぱいになってしまう。アルバイトが入っていなくてよかったと、心底思った。今日なんかに仕事をしたらミス連発は確実だ。

携帯電話を手にしたが、結局ボタンを押すことはなかった。

双葉は穂村の携帯番号を知らないし、もし知っていたところで、連絡を入れることは彼の言う「邪魔」になってしまう。

だから代わりに、何度も溜め息をついた。


大学の構内で双葉はふと立ち止まって振り返り、小さく肩を落とした。

あれから坂上が姿を現すことはなく、従って穂村が近くにいることもない。依頼はどうやら果たされて、穂村はもう布施のヘルプに戻ったらしい。

どんなやり取りがあったものか、双葉は聞かされていなかった。

あの翌日に、朝比奈は完了の報告を受けたそうだ。朝比奈は詳細を把握しているはずなのに、けっして双葉に教えてくれなかった。

だからこちらからも、あのときのことを朝比奈に言えないままだった。

「西崎、どーした?」

「あーうん……なんでもない」

「早く早く。場所なくなっちゃうぞ」

急かされて学食へと向かうあいだも、双葉はしきりに周囲を気にした。

迷惑でしかなかった相手の姿を探している自分に、双葉は苦笑したい気分になる。つきまとわれたくはないし、変に探られなくなったことはよかったと思うが、どうしても彼に聞きたいことが一つだけできてしまった。

だからといって、わざわざ訪ねていくこともためらわれる。

偶然に期待しながら棟を移動していると、その偶然が唐突にやってきた。ちょうど前方から坂上が現れたのだった。

だが坂上は双葉の顔を見ると、ぎくりとした様子で足を止め、それからきびすを返して歩き出した。それはまさに逃げるような態度だった。

双葉はすぐに友達を振り返った。

「ちょっと先に行ってて。すぐに行くから、僕の席も確保しといて！　あー、あとカレーとマカロニサラダもよろしく！」

友達の返事も聞かずに走り出し、建物の中へと消えた坂上を追いかける。追いつくのはそう難しいことではなかった。

「ちょっ……ちょっと待てって」

いままでとは、まったく立場が逆だった。

逃げようとする相手の前へとまわり込み、双葉はキッと坂上を睨み上げた。

「なんで逃げるんだよ……！」

「なんでもなにも……二度と近づかないってことになったろ！　ちゃんと誓約書も書いたじ

ゃないか。頼むから、俺にそれ破らせんなよ！」

「それって、穂……あの人と約束したってこと？」

「聞いてないのか？　約束なんてもんじゃねぇよ！」

怒りとも怯《おび》えとも受け取れる様子で、坂上は食ってかかってきた。いつでもへらへら笑っていた男とは思えない態度だった。

「……なにかあったの？」

「なにか、だって？　本当に聞いてないのか？」

「知ってて聞きに来るほどヒマじゃないよ」

相手の剣幕につられるように、双葉も語調を強くした。

睨み合うようにして、廊下で向かい合っている二人の横を、学生たちが不審そうに、あるいは興味深げに見て通り過ぎていく。

沈黙を破ったのは坂上の溜め息だった。まるで感情を逃がし、自分を落ち着かせようとしているように思えた。

「あのさ、やり方が汚いんじゃないのか。あんなライター……録画装置だなんて、思うわけないじゃん」

「ライター……？」

どくん、と心臓が跳《は》ね上がるのがわかった。

「それ、十字架の飾りのところにカメラが仕込んであるやつ……？」

言った途端に坂上の顔が不快そうに歪んだ。それがなによりの肯定だった。

穂村が使った録画装置は、双葉が作ったものに違いない。先日、朝比奈から採用されたという報告を受けたところなのだから。

遊びで作ったものだ。だがなにかの役に立てばという気持ちはあった。

自分のために使われるとは、思ってもいなかった。

「ずいぶんだよな。ＪＳＩＡってのは、ああいうもんなのかよ？」

「ああいうって……」

「普通の大学生、脅すような真似してんのかって言ってんだよ……！」

「お……脅、す……？」

言葉の意味を咀嚼《そしゃく》して、呑み込んでいくのには時間がいった。

あれを使って、なにかが録画されたのだ。そして、穂村は坂上を脅したという。

双葉が黙り込んでいるあいだにも、坂上は喋り続ける。話しているうちに思い出したのか、どんどん感情的になっていくのが、目に見えてわかった。

「困るんだよ！　実家にバレたら……。うちのほうはさ、田舎《いなか》なんだ。オヤジは市会議員だし、じいさんだってけっこう名士で、ヤバイんだよ……！」

口のなかに、ひどく苦いものが広がっていく。嫌な予感が、現実のものとなって容赦なく突きつけられてきた。

言葉が出てこなかった。

「もう、いいだろ。とにかく今日のは俺が近づいたわけじゃないんだからな。あいつに、変なこと言わないでくれ」

黙って頷く双葉を、坂上はちらりと見て、もう一度念を押してから立ち去っていった。

そのまましばらく立ち尽くしていた双葉は、やがてメールの着信音で我に返った。慌てて操作すれば、友達から、早く来いという趣旨の言葉が届けられていた。

席と食事を頼んでいたことを思い出し、双葉はすぐに学食へと向かう。

だが頭のなかは、ほとんど飽和状態だった。


気になって気になって、仕方がなかった。いや、気になるなんてものじゃない。当事者の片割れから話を聞いた限りでは、事態は限りなく双葉にとって嫌な方向だったらしい。

落ち込んでいるといったほうが、正しいだろう。

単に話をする場所としてあそこを選んだのかもしれない。なんて思っていたのは、完全に否定されてしまった。

ホテルという密室で、たった二人きりで、録画したものが脅しになるなんてこと――。

双葉の乏しい想像力では一つしか考えつかなかった。

朝比奈の部屋から隠し階段を使って下りてきた双葉は、それを元に戻すことなくソファに沈み込んだ。

手には書き写したばかりのメモがある。

たったいま、思いあまって朝比奈の部屋へと行き、悪いと思いながらも彼の住所録のなかから、穂村の連絡先を見つけ出してきたのだ。

驚いたことに、穂村の住所は布施と一緒だった。厳密にいうと、「布施方」になっているのだ。

（やっぱ、そうなんじゃないの……？　これって、同棲っていうんじゃ……）

固定電話番号は一応それぞれが持っているようだ。携帯電話の番号は発見できなかった。きっと朝比奈の携帯電話のなかにあるのだろう。

じっとメモを見つめ、溜め息をつくと、双葉はそれを畳んでポケットにしまう。

やはり電話をかける決心はつかない。

「どうした。やけに悶々《もんもん》としているようだが、欲求不満か？」

いきなり声が降ってきて、双葉は勢いよく振り返る。今日ばかりは、勝手に入ってきたことを咎《とが》める気もなかった。

じっと見つめる双葉に、朝比奈も常とは違うものを感じたらしい。わずかに探るような目をした。

「話があるんだけど」

「あらたまってどうした？」

「僕、穂村さんが、あの坂上ってやつとホテル入ってくの、見ちゃったんだ」

双葉はソファから立ち上がりながら直球をぶつけた。こちらがなにも知らないと思っているならば、そうじゃないと突きつけてやりたかったのだ。

だが朝比奈は驚いた様子もなかった。

「なるほど」

「今日、坂上を捕まえて、事情を聞いた。はっきりとは言わなかったけど、なんか……その、もしかしたら色仕掛け、みたいなことしたのかもしれなくて、それを僕の作ったあれで録画して、坂上のこと脅した……らしくて」

まっすぐに睨み据え、朝比奈の反応をわずかでも見逃すまいと目をこらした。なのに、見えるのは余裕の表情ばかりだった。

朝比奈はソファに座り、鷹揚に顎を引く。

肯定も否定もしなかった。

「うちに、ストーカー対策のエキスパートがいる。女性エージェントで、実に見事に相手の興味をさらっていくよ。穂村はそれを真似て、ついでに脅しの材料も作ったんだろう。もっとも、彼女は相手と寝たりはしないがね」

彼女は、と朝比奈は言った。

ならば穂村は違うのだ。

「それじゃ……」

やはりそういうことなのか。違っていればいいと思っていたのに、嫌な推測は当たってしまったらしい。

「だとしても、それが穂村の選んだ方法だ。やり方は任せた。誰に強要されたわけでもなく、自主的にしたことだよ」

仕事だからと朝比奈は言う。

けれども、双葉には納得できなかった。その仕事は、もともと双葉が坂上を引き寄せてしまったことに端を発しているのだから。

「わかんないよ……」

だって、と口のなかで呟きながら、双葉はここにはいない人の顔を思い浮かべる。

穂村がいわゆる色仕掛けなんて方法を取っていたとしたら、彼を好きな人はどう思うのだろう。そして好きな人に対して、穂村はどんな思いを抱くのだろう。

わからなかった。

何かの理由で恋人が——つまり双葉が身体を張ることになったら、朝比奈はどう思うのだろうか。自分がその立場になったら、どうするのだろうか。

ほかの人間と寝ることに抵抗はないのだろうか。

ひどく嫌な気分になって、双葉は俯《うつむ》いた。

「君が気にすることじゃない」

「無理だよ。だって……布施さんにだって、申し訳ないし……」

「布施……？　どうしてそこで布施が出てくる？」

「だって、あの二人って、そう……なんじゃないの？」

誰がそう言ったわけではないし、それらしい素振りを見せられたわけではないのだが、双葉はあの二人が恋人同士であるものと自然に認識していた。違うはずがないとさえ思っている。

なのに朝比奈は、曖昧《あいまい》に鼻を鳴らすばかりだった。

「……違うの？」

「どうかな。私に言わせれば、スイッチの甘い爆発物と安全装置というところだが……」

「え？　それってどういう……」

「まぁ、どのみち君には関係ないことだ」

「それは、そうなんだけど……」

気になることを口にしておきながら、興味を持つなどというのはずるいと思う。だが朝比奈の言うことはもっともなのだ。布施たちだって余計な詮索《せんさく》はされたくないだろうから。

「……わかったよ」

溜め息まじりに頷いて、双葉はソファに背中を預けた。

あの二人は双葉が思うような恋愛関係ではないのかもしれない。しかし、双葉の目にはやはり好き合っているようにしか見えなかった。

見解は人それぞれだ。だから感覚だって、ものの考え方だって、人によって違って当然だ。いくら仕事だからといって、双葉は好きでもない人とセックスはしたくないし、できないだろう。だが穂村はそうじゃなかったし、朝比奈も当然のように理解を示している。

朝比奈も、そういうことに対してためらいもなにもないのかもしれない。ましてそれが仕事の上での手段だったら、双葉のことなんて気にせずに、寝てしまうのかもしれない。

嫌な考えが、ぐるぐると頭の中を巡っている。

そんなときに、朝比奈はひどく素っ気なく言ったのだ。

「穂村も迂闊なことをしてくれたな」

「……え？」

「仕事を早く片づけて、布施と合流したかったようだが、肝心なところでミスをしている。君がそんな顔をしているのは、明らかに穂村のやり方がまずかったということだな」

「そういう問題……？」

啞然としてしまった。

朝比奈にとっては、それだけのことでしかないのだ。

穂村がどう感じているのかは知らない。だが少なくとも目の前にいる恋人は、仕事のためにほかの人間と寝ることを特別なことと感じていない。

そうとしか思えなかった。

「依頼した仕事に完璧を求めるのは当然のことだろう？」

思わず、かちんときた。

朝比奈の言い方はひどく突き放したもので、双葉にとっては冷たいとしか受け取りようのないものだった。

「本当はわかってたんじゃないの……」

気がつけば、絞り出すような低い声になっていた。朝比奈を見つめる目も、これまでにないほどきつくなった。

「うん？」

余裕の表情に、確信した。

「穂村さんだったら、ああいう手段取るってわかってたんだろ。布施さんを手伝うためにそうするって知ってて、坂上のこと早く追っ払いたくて、それでわざわざ穂村さんに……っ」

そうだ、どうしてそのことに気づかなかったのか。穂村くらい綺麗だったら、坂上がふらりときても不思議じゃない。朝比奈にとって必要だったのは処理能力ではなく、穂村の容姿そのものだったのかもしれない。

「だったら、どうする？」

「っ……」

目の奥のほうで、なにかが弾けて真っ赤になった。

つかんだクッションを朝比奈に向かって投げつけたのは、考えてのことじゃなかった。

言葉の代わりにぶつけたクッションは、難なく朝比奈に受け止められて、それを見たら余計にまた悔しくなった。

「出てけよっ」

怒鳴りつけても、朝比奈は手にしたクッションを軽く放り返してくるだけだった。

受け取る気のない双葉の身体に、緩く弧を描いてクッションが当たって落ちる。出て行く様子のない朝比奈にますますキレて、双葉は傍《かたわ》らに置いてあったバッグをつかむと、そのまま自ら部屋を出た。

朝比奈が追ってくる気配はなかった。

頭に血が上っている自覚はあったけれど、いまはどうにも冷静になれない。朝比奈の顔を見ていたくもなかった。

時間が必要なのだ。

外へ出て、迷わず駅のほうへと歩き出しながら、一足ごとに冷静さが戻ってくるのを感じた。だがのこのこと引き返すことはできない。

双葉にだって意地があった。

（なんであんなに……っ）

自分がなにに対してこんなに怒りを覚えているのか、よくわからなくなってしまった。朝比奈の態度なのか、穂村のあんな行動を予測しつつ放置したことなのか、あるいは原因を作った自分なのか。

理由はきっと一つじゃないのだ。

駅に近づくにつれて溜め息が大きくなる。

適当な店に入って、コーヒーでも飲みながら考えよう。そう思ったときに、携帯電話がバッグのなかで鳴った。

とっさに取り出し、液晶の画面を見て、思わず落胆した。

表示されていたのは朝比奈からの着信を示すものではなかった。双葉は朝比奈の自宅番号を「大家」と、そして携帯番号を「大家の携帯」で登録しているのだが、そのどちらでもなく、双葉の部屋の電話でもなかったのだ。

知らない携帯番号だった。

謝ってくるんじゃないかとか、帰ってこいと言うんじゃないかとか、そんな勝手な期待はあっさりと裏切られた。

どうしようかと迷って、一応は出ることにしてボタンを押す。

「……もしもし？」

探るように出ると、思いもかけない声が聞こえてきた。

『お、双葉ちゃん？　俺、布施だけど』

「えっ……布施さんっ？　な、なんで……？」

『朝比奈さんに、前に番号聞いてあったんだよ。で、あの人の携帯に電話繋がんないんだけど、横にいない？　家にかけても出ないんだけど』

「……いません」

固い声にならないように注意したつもりだったが、果たして上手くいっているかどうか。

特に気に留めた様子もなく、布施は続けた。

『あれ、とっくに帰ったと思うんだけどなぁ……』

「それだったら、僕の部屋に電話してみてください。まだいるかも」

『え？　なんで？　それどういうこと？　双葉ちゃんはどこにいんの？』

しまった、と思ったけれど、声音はつい不機嫌そうになってしまったし、言い直したところでごまかせまいと諦める。

双葉は溜め息をついて言った。

「ちょっと、飛び出してきちゃって……」

『朝比奈さん、なんかしたの？』

当然のようにそんな言葉が出てくるあたりに、布施の朝比奈への認識が表れていると思う。

それも、極めて正しいものだ。

「したっていうか……」

『なに、ケンカ？』

「そんなんじゃないです。だってケンカって、対等じゃなきゃできないし。朝比奈は、もっとずっと高いとこにいるから……」

自分で言って、落ち込んでしまった。そう、最初からずっと、自分たちは対等じゃなかった。双葉はいつだって朝比奈の手のひらで踊らされている気がしてならない。あるいはこの感情さえも——。

ますます落ち込みそうになった双葉に、布施は手をさしのべてくれた。

『うーん……まぁ、朝比奈さんがちょっと人と違う場所に立ってるのは確かかもしんないけど、別に高いとこじゃないと思うけどね』

いい人だなぁ、と思う。

布施みたいな恋人だったら、不安な気持ちになることだって少ないだろう。恋をしている以上はそれなりにいろいろあるだろうが、朝比奈よりはいいんじゃないだろうか。なんといっても、あの穂村と付き合えるくらいなのだから。

『で、どこにいんの?』

「駅の近くですけど……」

『どこ行く気?』

「いや、別に考えてないです。そのへんに入って頭冷やそうかと思ってたとこだから」

『ふーん。じゃ、こっち来れば?』

提案は突然で、双葉はすぐに返事ができなかった。

「え、いや、でも……それに、こっちって……」

『割と近いんだよ。知ってる? 電車で三つ目なんだけど』

「はぁ……なんとなく、一応……」

住所はつい一時間ほど前に知ったばかりだが、それは言わないことにした。

生返事をしているうちに、ほぼ一方的に提案は決定してしまい、双葉は定期券で改札をくぐることになった。

着いた駅には布施が迎えに来てくれて、マンションまでのほんの三分ほどの道を話しながら歩いた。

「あ、そうだ。部屋に穂村もいるんだ。って朝比奈さんから聞いてる? あいつ、俺の部屋に生息してんの」

「はぁ……」

曖昧な返事でごまかす。朝比奈に聞いたわけではなく、勝手に住所を見て知ったので、そうしたのだ。

そして気になることを尋ねてみることにした。けっして話を逸《そ》らすつもりではなかった。

「あの、仕事のほうは終わったんですか？」

思い返せば、今日の朝比奈の帰宅は早かったように思う。同じ件で動いていたはずの三人がこんなに早く帰宅しているということは、片がついたと見るのが自然だ。

「うん。今日の昼に。もうニュースになってるよ。あやしいダミー会社の社長サンと、国会議員のセンセーが逮捕された」

「そうなんだ……」

今日はニュースを見るどころではなかったので、初めて聞く話だった。そもそも彼らがどんな事件を扱っているのか、双葉はなにも知らなかったのだ。

布施たちのマンションに着いても、穂村が現れることはなかった。

通されたリビングはがらんとしていて、常々殺風景だと思っていた朝比奈の部屋のはるか上をいっている。フローリングの空間にはテレビと電話が床に直に置いてあり、座るための家具などはまったくない。もちろん壁を飾る絵などもなかった。いますぐに引っ越せと言われても、一時間以内にできてしまうんじゃないだろうか。

唖然としてしまった。どこに身を置けばいいのかわからず、双葉はその場に突っ立っていた。

「えーと、とりあえず、これでも使って」

布施は双葉にクッションを渡すと、コーヒーを三つ淹《い》れて、戻る途中に閉ざされたドアを叩いて同じように床に座った。

ややあって、ドアが開く音がした。

ひどくおっくうそうに穂村が現れる。

いつもならば相手の顔を見て挨拶をする双葉も、今日は俯いたままぺこりと頭を下げるだけだった。穂村の顔は見づらかった。

そして穂村のほうもなにも言わず、窓に凭《もた》れて立っていた。

「どうした？　双葉ちゃん」

「いえ……」

「こいつ、こないだ朝比奈さんに頼まれて、双葉ちゃんに言い寄ってくる男を追い払ったんだって？」

「そ、そんなんじゃ……」

どういう話の伝わり方をしているのかも気になったが、それ以上に、布施がどこまで知っているのかが気になってしまった。

だが尋ねるわけにもいかない。やぶ蛇になるような真似はしたくなかった。

「その後、つきまとってこない？」

「あ、はい……」

「おお、さすが。脅しが効いてるねぇ」

笑いながらの布施の言葉に、ぎょっとしてしまう。なにも言えないでいる双葉の代わりに、憮然《ぶぜん》としたまま反応したのは穂村だった。

「別に脅したわけじゃない。向こうがどう思っているかは知らないけど、俺はただ、西崎双葉に二度と近づかないほうがいいと忠告しただけだ。違法行為はなかった」

詭弁、という文字が双葉の脳裏に浮かんだ。

「手っ取り早くて、簡単な方法だろ。時間はかけたくなかったし、あの男にはその程度で十分だ」

「まぁな。あ、そういえば使ったあのライター、双葉ちゃん作なんだって？」

急に話を振られ、双葉は頷くのが精一杯だった。頭の中は、混乱の文字で埋め尽くされている。

双葉の常識や倫理観では、理解が追いつかなかった。理解できないのは、穂村だけじゃない。わかりやすいと思い込んでいた布施だって、いまや双葉にとっては不可解な人物となってしまった。

「おまえ、だめじゃん。せっかくの作品、あんなことに使っちゃ」

「道具なんて、そんなものだろ。仕事になれば、なおさらだ。製作者の期待通りに使用されるとは限らない」

それは布施に向けられているようでいて、その実、双葉に向けられているものだ。

おそらく穂村の言葉は正しい。

双葉は将来、ＪＳＩＡで開発をしたいと思っているが、いちいち使用目的を気にしていたら、とてもじゃないが務まるまい。

なんだってそうだ。道具は使用する人間によって、いいものにも悪いものにもなる。製作者が使用を制限することなど出来ないのが現実だった。

「もし『作品』のままにしておきたかったら、他人に使わせないしかない」

言いながら窓の外を見ていた穂村が、ふっと息をついたのが聞こえた。

「来た？」

「ああ」

「双葉ちゃん、お迎えだよ」

「えっ……」

目を瞠《みは》った双葉は、とっさにかぶりを振った。

時間と共に怒りはバツの悪さに変化してしまった。だが迎えに来てくれたからといって、尻尾《しっぽ》を振って出ていくのは、どうにもためらわれる。

まだ頭のなかが整理できていない、というのは理由の半分で、残りは意地だった。

「早く出ていかないと、拗《す》ねるんじゃないか？　俺は関係ないからいいけど」

言い置いて、さっさと穂村は自室らしいドアの向こうに消えてしまった。

「ほら、行こうぜ」

先に布施に立ち上がられて、双葉は仕方なく続いた。ここで駄々をこねるほど、わがままにも子供にもなれなかった。

連れられるまま部屋を出て、エレベーターに乗り込む。

最後にどうしても聞いておきたいことがあった。

「あの、不躾《ぶしつけ》なこと一つだけ聞いてもいいですか？」

「なに？」

「布施さんたち、恋人同士じゃないんですか？」

「って、俺と穂村？　ああ、違う違う」

あっさりと、本当にあっけなく否定されてしまった。照れ隠しというふうでもなかった。

根本的な認識を否定され、双葉の考えは根拠を失う。感情もそうだった。朝比奈に対する怒りだって、理由を削《そ》がれたようなものだ。

エントランスホールに下りると、ガラスの扉の向こうに見慣れた車が止まっていた。

「おー、いるいる。わざわざ迎えに来るなんて、ほんとに可愛くてしょうがないんだな」

当然のように、さらりと告げられた言葉は、しかしながら双葉にとっても思いがけず重大なことだった。

思わず足を止め、じっと布施を見上げて、そろりと問いかけを舌に乗せてみる。

「朝比奈って、僕のことマジだと思いますか？」

「そうでしょ」

さも当然といったような言い方だった。

「……よく、わかんないし」

「あの人はさ、興味のない相手をかまう人じゃないよ。その場限りの嘘やおためごかしも言わない。それは、わかってるだろ？」

確認するような言い方に、視線を逸らしたくなる。

たぶん、双葉はわかっていない。朝比奈という男のことを、布施や穂村ほど理解できていないのだ。

初めから、これは手に負えない男なのだと諦めてしまったせいかもしれないし、客観的な目が持てないせいかもしれない。それに自分と会う前の朝比奈のことを、双葉はほとんど知らないのだ。聞いた話として、頭にあるだけだった。

では朝比奈があふれるほどの言葉をくれれば満足なのかと問われたら、それも違う気がする。

「けど、朝比奈のことよく知らないし……自信持つほど実績ないし……」

「実績って……なんか、面白い考え方するなぁ」

うーん、と唸《うな》ってから、布施は長身を屈《かが》めて双葉の耳元で囁く。朝比奈に聞こえるはずもないのに小声で、しかも手で隠されている。

「本当は、穂村に任せたりしないで、自分でなんとかしたかったらしいよ」

「それ……朝比奈のことですか?」

大きく目を瞠りながら、ちらりと横目で朝比奈を見る。

「うん。でも、どうしてもそれができなかったからね。俺が知ってる朝比奈さんは、なんでも簡単に金ですませる人だったよ。あの人にとって、金はちっとも惜しくないものだからさ。たぶん、もっと深刻なことが君に絡んでたら、あの人は退職しちゃうかもな。大事にされてるんだよ」

言い終わると同時に背中を伸ばし、布施は双葉の肩をぽんと軽く叩いて前へと押し出した。

ガラス越しにこちらを見ている朝比奈と目があい、やけに気恥ずかしくなった。

人から言われるのは、けっこう効いた。たとえ慰めが含まれた言葉だとしても、自分の願望が含まれたものよりはずっと信用できる。

肩越しに布施を見て、思わず口にしかけた言葉はすんでのところで呑み込んだ。

あなたは好きな人を大事にしているのか——。

その問いかけは、きっと投げかけないほうがいい。けっして鋭くはない双葉にだってそのくらいのことはわかった。

「急にすみませんでした。穂村さんにも、そう言っといてください」

「おう。ま、ゆっくり朝比奈さんに甘えな。向こうもそれ、待ってるし」

「だったら、嬉しいけど……」

ゆっくりとエントランスの扉へ向かって歩き始めながら、双葉はぽつりと呟いた。

「素直でいいな」

「だって、朝比奈ってなにを考えてるかよくわかんなくて、僕のこと本当に本気なのかなって、思えちゃうから……」

双葉は再び立ち止まり、溜め息まじりに告白した。外で恋人が待っているけれども、ここで気持ちを吐き出していきたいという誘惑は強かった。

「本気に決まってるじゃん」

「そうだとしても、なんか温度差感じるっていうか……」

「心配しすぎだよ。俺が保証してもいいよ。朝比奈さん、超マジ。人が変わっちゃってるよ。なんだったら穂村の保証もつけるぞ」

「う……ん」

恋愛のことに関してはとかく沈みがちだった気持ちが、ふわりと浮上してきている。こうやって、誰かに大丈夫だと言ってもらえるのは嬉しかった。双葉には、自信と自惚《うぬぼ》れの違いがとても曖昧に思えるからだ。

目の前で布施が笑った。

「あの人は、双葉ちゃんの気持ちわかってて、余裕かましてんだよ」

「僕、そんなにわかりやすい?」

「うん。朝比奈さんのこと好きだーって顔してる」

「し……してる?」

「してる」

にんまりと、さらに笑みを濃くしながら、布施はちらりと外に目をやった。

朝比奈は車のドアに凭れてこちらを見てはいるが、近づいてこようとはしない。ちっとも出てこない双葉に、苛立っている様子もなかった。

(気取っちゃってさ……)

思わずくすりと笑みをこぼしそうになって、慌てて顔を引きしめた。こんなところで笑ったら、意味を問われるのは必至だし、朝比奈に新たなネタを与えるようなものだ。

布施はエントランスの扉を開けると、朝比奈に向かって言った。

「なんか、実績がないから心配なんだって言ってますよ」

「ふ、布施さんっ……！」

「可愛いのも楽しいのもわかりますけど、こんな顔させてちゃだめっすよ」

ぽんぽん、と頭を軽く叩かれる。

「君にだけは言われたくないがね」

「まぁ……そうっすよね」

布施は苦笑をこぼしたものの、次の瞬間にはいつもと同じ笑顔になって、もう一度双葉の頭を叩いた。

「またな」

「あ……はい」

言葉に押し出されるようにして、双葉はエントランスの扉をくぐった。

朝比奈は助手席のドアを開け、無言のまま双葉を促す。なにか言われるかと思って身がまえていたのに、予想に反して言葉はなかった。

それから朝比奈は運転席にまわって乗り込んできた。

「……どうして、ここだってわかったの？」

「わかった、というのは正しくないな。君が飛び出してすぐ、布施に連絡をしてね、君を呼ぶように頼んだんだ」

Kaurov's network of

「な、なにそれ……」

目の前がくらくらした。やっぱり自分は孫悟空《そんごくう》みたいなもので、朝比奈というお釈迦《しゃか》様の手の上にしかいられないような気になってくる。

「……なんか、腹立つ。あんたの思い通りってわけ？」

「とんでもない。ただの過保護だ」

「だって、追いかけてこなかったじゃん」

「時間が必要だと思ったんだが、違うか？」

「それは……そうだけど……」

反論の余地もない。これでは本当に、一人でキーキーわめいていただけの猿ではないか。あのとき投げつけたクッションみたいに、朝比奈はちゃんと受け止めてくれたのに、返されたそれを双葉は受け取ろうともしなかった。

相手の気持ちと同じだ。

やがて双葉は、溜め息と共に呟いた。

「……ごめんなさい」

「うん？」

「いろいろ。とりあえず、僕が悪かった分は謝っとく。思い違いとかしてたし……。けど、やっぱなんか悔しい！　だまされてた気分だよ。布施さんって、侮れない……」

いまにして思えば、あの電話はタイミングがよすぎた。だが電話でもっともらしいことを言っていたとき、少しも不自然さはなかったのだ。

布施の印象が悪くなったわけではないが、認識はあらためようと誓った。

「よくわかんなくなっちゃった……」

「わかっているつもりだったのか？」

揶揄《やゆ》する口ぶりに、双葉は唇を尖《とが》らせる。そうしてまた、朝比奈の期待通りの反応をしてしまったと後悔した。

「……あんたのことよりは、理解しやすいと思ってたんだよ」

「私のほうが、わかりやすいだろう」

「どこがぁ？」

「基準が西崎双葉なんだ。極めてシンプルだと思うがね」

「っ……」

とっさに言葉が返せなかった。恥ずかしいやら嬉しいやら、いくつもの感情が入り乱れ絡み合って、どう反応したらいいのかもわからない。

目を泳がせているうちに、車が走り出す。

「それなのに、どうやら温度差とやらを感じているらしい」

「なっ……なん、で……もしかして、聞いてたっ？」

「まさか」

「だって……！」

双葉はつかみかからんばかりの勢いで、朝比奈の横顔を見据えた。距離と扉があったのだから、あの会話が外にまで聞こえることはあり得なかった。だったら隠しマイクでも仕掛けていたんじゃないかと思ってしまったのだ。

「唇の動きを読んだだけだ」

「そっ……そんなこともできんの……」

「極めて古典的な方法だと思うがね。まぁ、いい。それより、相変わらず君は私という人間を誤解しているようだな」

怒っている気配はないが、双葉はひどく後ろめたい気分で俯いた。

愛情を疑っているのだろうと責められても仕方がないとは思うのだ。だからといって、素直に謝ろうという気もなかった。

「だって、実績ないもん……」

双葉は恋愛に対して初心者なのに、相手がいきなり難しい人間なのだ。すんなりいかないのは、むしろ当然だと思う。

「布施もそんなことを言っていたが……」

「だって、まだ恋人になったばっかだし、余裕ないし……自分ばっかり好きで、バランス取れてないみたいに思えて仕方ないし……同じだけっていうのは理想だってことはわかってるんだけどさ……」

「バランス……ね。なるほど。そういうものがあるとしたら、確かに不均等だな」

「……わかってるよ……」

だめだ。どうしても言い方が拗ねてしまって、自覚した双葉は顔をしかめた。

そんな様子を見た朝比奈のほうはといえば、ひどく楽しそうに笑みを含んだ声で続けた。

「私のほうがかなり立場が弱いと思うがね。可愛い年下の恋人に、生活も生き方も変えられてしまったくらいだ」

信号待ちのあいだに、きゅっと軽く鼻を摘《つま》まれて、双葉は大きく目を瞠る。

意味がわからないわけじゃない。けれども、ぬか喜びもしたくなくて、はっきりとした言葉を求めて朝比奈を見つめた。

笑みを残して前を向いた朝比奈は、再び車をスタートさせながら言う。

「用もないのに毎日行ってみたり、実害がないとわかっているのに、あの男を排除するためにＪＳＩＡに正式な依頼をしてみたり……我ながらバカな男だと呆れているんだがね」

「それは……そうかもしんないけど……」

「穂村にも呆れられたくらいだからな」

笑みさえ浮かべる朝比奈を、双葉はただじっと見つめた。

言葉の意味を咀嚼して、呑み込んで、一つずつ自分の中で納得していくのは、双葉にとっては簡単なことじゃなかった。

自信のなさが、邪魔をするのだ。次から次へと、否定の意見が飛び出してくる。

黙り込んでいるあいだにマンションに到着し、車が駐車場に止められた。

「続きは部屋に行ってからだ」

「……うん」

部屋に着くまでに、言いたいことを頭のなかでまとめ上げ、どうやったら拗ねて聞こえないだろうかと、言い方をいろいろと考えた。

自然に連れてこられた朝比奈の部屋で、ドアが閉まる音を背中で聞いたとき、双葉は溜めていた言葉を吐き出した。

「朝比奈はさ、僕がほかの誰かと、その……しても、平気？」

「そんなわけないだろう。どこからその発想が出てくるんだ」

即答だった。朝比奈にしてははっきりと、いかにも不愉快そうな顔をしていた。

「穂村さんとのこと……」

「ああ……あれは穂村だからだ。あれはただの同僚だ。他人の貞操観念にまで、とやかく言う趣味もないんでね」

「僕だって他人だけど」

「訂正しなさい。恋人、だ」

「う、うん……」

心に引っかかっていたトゲが、一つ一つ抜かれていく。

「じゃあさ、僕がいても、仕事で必要だったら、誰かと寝る？」

「そんな方法は選択しない」

「選択肢が一つしかなかったら？」

「まずそういうことはないが、仮にあったら、退職しようか」

きっと双葉を安心させるための言葉だろうが、それでも嬉しいと思うのは、単純すぎるだろうか。

こんなにたやすく気持ちが動いてしまう。些細《ささい》な言葉やしぐさで一喜一憂する自分が、双葉にとっては少し悔しいのだけれど。

「なんか、いいように丸め込まれちゃってるよね。いつもあんたの手の上でコロコロって、転がされてる感じ」

「確かにそういう部分もあるが、自分が自覚もなしに私を振りまわしていることも知るべきだな」

朝比奈はたぶん、嘘は言わない。まわりくどかったり、言うべきことを黙っていたりはしても、でまかせを言う男ではないのだ。それは彼の数少ない美徳の一つであり、その点においては双葉も信用している。

だからきっと、いまのは本当だ。

ただし、振りまわされることすら楽しむのがこの男だった。それもわかっていた。

リビングのソファに肩を抱かれたまま座ると、すぐ近くからぞくぞくするような声が響いた。

「私は特別な相手でなければ、わざわざ手間や時間をかけたりはしない。金を出すのは、私にとっては手っ取り早い簡単な方法なのでね。自分の時間を差し出す相手は、少なくとも君以外に考えたことはないな」

「……それは……ちょっと嬉しいかも」

しかめ面《つら》を作ろうとして失敗して、素直に気持ちを吐露すれば、満足そうに朝比奈は笑った。

そうだ、双葉も楽しめばいいだけのことだ。朝比奈に手の上で弄《もてあそ》ばれることを、愛情表現の一つなのだと納得すればいい。

おそらくそれでも双葉はわめき続けるのだろうけれど。

それでもいいかと今度はすんなりと思っていると、朝比奈が顎をすくい上げてきた。

「実績とやらは、私がいますぐどうこうしてやれるものでもないが……」

「それはいいってば……っ」

ぱたぱたと手を振って、双葉は赤くなりそうな顔を扇《あお》いだ。自分でも変なことを口走ったと思っているのだから、あまりもう言ってほしくはなかった。

朝比奈の指が気になって、視線と意識がどうしてもそちらに向かう。

指先が、乾いた唇をなぞった。

たったそれだけのことなのに、ぞくぞくと背筋を何かが這《は》い上がってくる。

「ご機嫌は直ったのかな」

「う、うん……まぁね」

「だったら、尋問に入ろうか」

「はい……？」

「し、質問？」

「いや、尋問」

聞き違えたのだろうかと、双葉はまじまじと朝比奈を見つめ返した。

ガチャリ、と金属音が聞こえて、手首に異様に冷たく重い感触がのしかかった。

「え……？」

双葉はその目で、手首にかけられた銀色の輪を見てしまう。何度か目にしたそれは、紛《まご》う方なき手錠だった。

「な、なにこれっ……！」

朝比奈の目が意味ありげに細められた。

これは双葉にとってよくないことが起きる前兆だ。そう長い付き合いではないが、すでに嫌というほどわかってしまったことだった。

「家宅侵入罪だ。私の部屋に勝手に入っただろう。動かぬ証拠もある」

ジーンズのポケットからメモが取り出された。

「こ、このあいだはなにも言わなかったじゃんっ！」

「初犯は見逃した。だが再犯はそうもいかない」

「で、ででででもっ、エージェントは現行犯しか逮捕できないんじゃっ……！」

そういう問題ではないのだが、動転している双葉は、必死に真っ当なことを言った。もちろん、ローカルルールの前で、それは無駄なことだったが。

「この家の法律は、私が決める」

にっこりと笑う顔が怖くて、双葉はふるふると首を横に振った。

冗談だとはわかっていても、冷たくて重い手錠をされているというだけで、心臓が早鐘を打ってひどくうろたえてしまう。

動かすと、じゃらりと鎖が鳴った。

情けない顔をしていることを自覚しないまま、双葉は朝比奈を縋《すが》るように見上げる。

朝比奈は楽しそうだった。

「さて、取り調べといこうかな」

「とっ……取り調べって……」

「尋問だと言っただろう？　まずは、場所を変えようか」

「わっ……」

ひょいと双葉を肩に担ぎ上げ、朝比奈は双葉の制止や罵倒《ばとう》など聞く耳も持たずにリビングルームを出ていく。

向かう先は聞くまでもない。

突き当たりのドアを開けた向こう側は殺風景な寝室で、そこの大きなベッドに双葉はぽんと放り出された。

「ちょっ……」

「最初は……そうだな、布施になにを言われた？」

問いかけながらのしかかってくる男は、双葉の反応を楽しみながら服に手をかけて、シャツをたくし上げていく。

「ま、待って……」

セックスすること自体に異存はないけれど、手首の金属が気になって仕方がなかった。視界に入らずとも、音と重さで、その存在を嫌というほど双葉に知らしめてくるのだ。

脱がされていくことも気になるし、手錠も気になる。

だが両方ともどうにもならないまま、慣れた手によって裸にされていってしまう。もちろん手錠はそのままだった。

「朝比奈ってば……！」

「尋問だと言っただろう？　さっき私がなにを聞いたか覚えているか？」

「お……覚えてるわけないじゃんっ」

記憶にないというより、別のことに気を取られすぎていて、質問自体がそもそも頭に入ってきていなかった。

だが強気に出たのは失敗だった。

「では、思い出すまで待っていようか」

「そっ……」

反論しようとした唇は、朝比奈のそれによって塞《ふさ》がれてしまう。

舌を吸われ、口の中を舐《な》められて、ぞくぞくした快感が背筋を這い上がってきた。肌が粟《あわ》立ち、指先まで痺《しび》れるような感覚に、抵抗しようという気持ちがまたたく間に萎《な》えていくのがわかる。

いきなり下肢《かし》をまさぐられ、敏感なところを嬲《なぶ》られた。

「ん……っ！」

びくんと跳ね上がった身体は朝比奈の腕の中に抱き込まれ、双葉は弱々しくもがくことくらいしかできない。

無骨な長い指が絡みつき、性急に双葉を煽《あお》り立てた。

まるで、考える余裕を奪うみたいに。

どうすれば双葉が乱れて理性をなくしていくのか、朝比奈だけが知っているのだ。それこそ双葉自身よりもずっと。

「ぁ、あ……っ、ん……」

自由になっていた口は、気がつけば甘い声ばかり紡ぎ出していた。

いつもそうだ。勝手に始められて、好き勝手に身体を弄《いじ》りまわされるというのに、双葉はあっけなく陥落させられて、結局は自分から朝比奈をねだることになる。

もちろん嫌だなんて思ったことはない。ないが、たまには双葉の都合だって聞いてほしいとは思うし、お互いにそういう気分になったところで、セックスをしたいとも思うのだ。

朝比奈にそれを求めるほうが、間違っているのかもしれないけれど。

「やる、なら……ちゃんと、してよ……!」

喘《あえ》ぐ息の合間に、双葉は睨むようにして訴えた。一方的に嬲るようなこんなやり方は、本当は好きじゃない。

恋人なんだから、ちゃんとしてくれと、当たり前のことを訴えたつもりでいた。

なのに、恋人の答えはあんまりなものだった。

「尋問だと言っただろう？　セックスは、その後でね」

「なにそれ、信じらんない！」

「ずいぶんと余裕だね。答えのほうはどうした？」

「そんなの、覚えてないって言っただろっ」

開き直ってぷいと横を向いた双葉の顎を捕らえ、朝比奈は仕方がなさそうに小さく嘆息すると、ことさらゆっくりと言った。

「特別に、もう一度質問だ。布施はなにを耳打ちしていたんだ？」

問いかけながら、朝比奈は濡らした指先を脚の間に入れ、奥を探ってきた。

びくりと身が竦《すく》み、返事をするのも上の空になってしまう。

あのとき、布施は耳打ちしながら手を添えていた。あの意味は、朝比奈に唇の動きを読ませないためのものだったのだ。

「あ……あんたの、こと……っ」

「ほう？」

「っあ……ぁ……」

指先が、後ろから身体のなかへと入り込んだ。

「具体的に言ってごらん。エントランスに着いてから、ずいぶん長く布施と話していたくらいだ。さぞかし面白い話だったんだろう？」

「ひぁっ……」

身体を跳ね上げながら、もしやと思う。

穂村も言っていたが、双葉がなかなか出ていかなかったから、こんなことになってしまったのではなかろうか。しかも朝比奈から見えるところで立ち止まって、けっこう長く話していたし、見えないように内緒話までしてしまった。

これは、まずい。

意地悪な指が、双葉のなかで角度を作って弱い部分を突いてくる。

「やあぁっ……！」

びくん、と身体が反射的に大きく跳ねた。

声が抑えられず、指が動くたびに勝手に身体がのたうってしまい、それを朝比奈の腕で押さえ込まれる。

逃げたいほどの強烈な感覚に、双葉は身体から陥落させられていった。

「あっ、あーっ……」

内側から強引に絶頂を導かれ、頭のなかが白くなる。

ぐったりと弛緩《しかん》し、意識があるのになにも考えられなくなり、音もどこか遠くから聞こえてくるような気がした。

ぼんやりと朝比奈がなにかしているのがわかって、双葉はずいぶんと遅れて目を開けた。

「な……に……？」

気がつけば、手首には脱がされたばかりのシャツが巻きつけてあり、その上からしっかりと手錠がはめられていた。肌に当たる冷たい感触はないけれど、さっきまでとは違い、両手首が拘束されてしまっている。

「やだっ！　これ外せってば……！」

「いい子で質問に答えたらね。それで、答えはどうした。ん？」

「え、えっと……だから、あんたがほんとは、自分でやりたかったたって……」

焦って答えを口にして、外してもらえることを期待していると、朝比奈はさらに次の質問を口にした。

「なるほど。それだけか？」

「んっ、ぁん……」

胸をしゃぶられ、同時に再び後ろを弄られる。そうして空いた手に、もう一方の胸の粒も悪戯《いたずら》された。

敏感なところをいくつも責められて、双葉は喘ぐことしかできなくなる。

答えようにも、答えられなかった。

「や、だぁっ……こんな……の、尋問じゃなくて、拷問だよう……っ」

「心外だな。気持ちよくしてやっているだろう？」

「ぁあっ、ぁん……ん！」

心のなかで何度も何度も朝比奈を罵倒する。口に出しても怒りはしないが、その分、意地悪になることはわかっていたからだ。

この男はけっして優しくないわけじゃない。現にいままで、双葉は乱暴に扱われたこともなかった。

だがしつこいのは確かなのだ。いきそうになるのを止められて生殺しみたいな目にあわされたり、過ぎた快感に泣かされたりしてきたし、許しを請うても聞いてくれたためしがない。体力は人並みにあるはずなのに、精も根も尽き果てるまで抱かれ、寝込んだことだってあった。

「も……う、いい……っ……」

「なにが？」

朝比奈は笑みを浮かべたまま問いかけてきた。

後ろで動かす指はそのままだ。出し入れのたびにくちゅくちゅと、耳を覆いたくなるような淫猥《いんわい》な音が響いた。

「ん、ぁ……あんっ……」

増やされた指が傍若無人《ぼうじゃくぶじん》に蠢《うごめ》くたびに、双葉は腰から溶け出していきそうな快感に苛《さいな》まれる。

双葉は甘ったるい声を上げて乱れているのに、朝比奈のほうは着衣もさほど乱れていない。この上、まだ弄ばれるような真似をされるのは、どうしても嫌だった。こんなのは、セックスだとは思えなかった。いままでだってさんざん焦《じ》らされたり、一方的に翻弄《ほんろう》されたりしてきたけれども、そういうのとはまた違うのだ。

「も……帰るっ……！」

「このままで？」

余裕の切り返しに、かちんとした。

「帰るったら帰る！」

我ながらだだっ子のようだと思いながらも、双葉は本気で帰るつもりで、朝比奈を蹴《け》り飛ばしてやろうと足を引く。

だが朝比奈の手はあっけなく、双葉の足首をつかんでしまった。

やれやれと、苦笑まじりに朝比奈が溜め息をついた。

「じゃじゃ馬め」

「なんでだよ……！　いままで、おとなしくしてやってたのに……」

「なるほど。私の見極めが甘かったということだね。それはすまなかった」

とても本気で謝っているとは思えない態度だったから、双葉はぷいと横を向いて、許すとも許さないとも口にはしなかった。

衣擦《きぬず》れの音がして、朝比奈が服を脱いでいるのがわかった。

どうやら、双葉の意思は無視しない方向らしい。

鍛えられた身体が、再び双葉に覆い被さってきたのは、それからすぐのことだった。布地ではなく、素肌が直接触れたことに、双葉はほっと息を漏らす。

「これ……は？」

手錠をはめられたままの手首を示せば、返事の代わりにキスをされた。

外すつもりはないらしい。

「もう、いいよ……別に……」

双葉は諦めと共に、小さく嘆息した。これくらいならば、とりあえずは許容範囲だ。もちろん、歓迎はできなかったけれども。

この甘さこそがつけ込まれる理由なのだと、双葉は自覚していなかった。

うつぶせにされて、腰を上げさせられる。

双葉は少しだけ身を固くしたが、すぐに力を抜いた。

ゆっくりと身体が繋がれていく。

「あっ、ん……ぁう……」

少しずつ朝比奈が入り込んでくる感触は、何度味わっても総毛立つような壮絶な異物感と、それなりの痛みを伴う。

だが苦痛というほどでもない。そのために朝比奈が時間をかけて慣らしてくれていることはわかっているつもりだった。ただ、彼の場合は度が過ぎることがあって、今日は双葉の許容を超えそうになっただけだ。

双葉は少しでも楽になるように息を吐きながら、じりじりと侵入してくる朝比奈を受け入れる。

「そうだ……上手くなったね」

いつもよりずっと艶《つや》めいて聞こえる声がして、ご褒美のように肩胛骨《けんこうこつ》にキスが落ちる。

こんなに奥まで、と思うくらいに押し入ってきたものが、深いところでその動きを止めると、自然に小さく息がこぼれた。

背中を舐められて身体が反応したら、なかのものが質量感を増した。

「う、そ……」

「なにが……?」

くすくすと笑いながら聞くのは、きっと答えを知っているからだ。

耳元で囁いたかと思ったら、朝比奈は入ってきたときと同じように、ゆっくりと動きを再開させた。

「は……っぁ……」

突き上げられるたびに肺から吐き出されていた息が、嬌声《きょうせい》を含んだ喘ぎになっていくには、さほど時間はかからなかった。

さんざん指で弄られて、すでに溶け始めていた身体は、すぐにまた蕩《とろ》けていってしまう。腰を引かれ、奥深くまで突き上げられて、内側から弱いところを擦《こす》られる。快感は経験に磨かれていくものなのか、抱かれるたびに、それが強くなっていくような気がした。よすぎて、どうにかなってしまいそうだった。

「ぁ、あっ、ん……ゃ、あぁ……っ」

自ら腰を揺すって、双葉は快感を追い求めた。理性とはもう関係のないところで、身体は勝手に反応してしまう。

それは朝比奈によって教え込まれたことであり、快楽を得ようとする本能的な部分が覚えたことであった。

身体を返され、深く交わったまま、なかをかきまわされる。

「あぁっ、い……やぁっ……」

疼《うず》くような甘い痺れに、指先までも支配された。

膝《ひざ》が胸につくほどに折られた身体を深々と突き上げられ、嵐の海に浮かぶ小舟のように、双葉はなすすべもなく深く呑まれていってしまう。

もうなにがなんだか、わからなかった。

揺さぶられ、穿《うが》たれて、双葉は自分がどろどろに溶けていくのを知った。

「ぁんっ……ん、あっ……あぁぁ――!」

二度目は頭が白くなるなんていう生やさしいものじゃなくて、自分の中で自分が壊れていくような、怖いくらいの絶頂感だった。

身体の深い部分で朝比奈の放つものを受け止めながら、今度こそ双葉は意識を手放した。


どこか遠くで、嫌な金属音がしている。

なぜ嫌なのかが最初は自分でもわからなくて、ずいぶんとたってから、手錠をかけられてしまったせいだと思い当たった。

ゆっくりと、双葉の意識は浮上していった。

重いまぶたを持ち上げれば、目の前には朝比奈の顔があった。

「……朝、比奈……」

手錠は片側だけ外されていて、もう一つが外されようとしているところだった。さっきの音はこれかと、ずいぶんと遅れて理解した。

「気絶するほど満足してくれたとは嬉しいね」

「そんなに……時間たってない、よね?」

そうでなくてはおかしい。だって、まだ双葉のなかには、朝比奈が入っているのだ。身体を繋いだまま、間近から見下ろされているのだった。

「一分強、かな」

朝比奈は外した手錠と鍵《かぎ》を枕元に放り出し、双葉はそれを目で追いかけて溜め息をついた。

「ほんとに趣味だったんじゃないか……」

そのつもりはなかったのに、まるで拗ねたような口調になってしまった。

出会ったとき、まだ朝比奈の身分を知らなかった双葉は、彼が持っていた手錠を見つけて携帯の理由を問うたのだ。そのとき返ってきた言葉が「趣味」だった。単にごまかしたのだと思っていたが、今日のことを考えたらあながちそうとばかりいえなくなってきた。

どうしてこんなやつが好きなんだろうという疑問は、これまでも幾度となく抱いてきた。穂村にも物好きだと言われたが、誰よりも自分でそう思う。

いろいろと考えてみて出した結論としては、結局のところ、理性では恋愛感情というやつをコントロールできないらしい、ということだった。誰でもそうなのかは知らないが、少なくとも双葉に限ってはそうだった。

もっとも物好きだというのならば、朝比奈だってそうだ。

性格的に少しばかり疑問点があるほかは、あらゆる意味で極上の男だろうと思うのに、なにを思ってか、たった十八の、しかも同性を恋人に選んだ。

同性愛者だったというのならばともかく、男は双葉が初めてだという。

結局のところ、互いに物好き同士だというだけのことかもしれない。

「……あのさ、そろそろどいて」

「尋問はまだ終わっていないよ。質問の答えをもらっていないことだし、その後でセックスをするとも約束していたしね」

顔を近づけられて、ぺろりと下唇を舐められた。と同時に過敏になっている胸を弄られ、双葉はびくんと身を震わせた。

「やっ……そんなの、ムリ……」

だが結局は、今日も懇願を黙殺される。

悔しいくらいに気持ちがいいところばかりを愛撫され、双葉は自分のなかで力を取り戻していく朝比奈を感じていた。


マンションのエントランス前に座り込んで、そろそろ一時間ほどがたつ。

今日はアルバイトもないし、天気もよく、夜空の下にいても苦にならない。友達とメールのやり取りをしているから、退屈もしなかった。

待つのは仕方がない。なんといっても、アポなしなのだから。

双葉は植え込みを囲うレンガをベンチ代わりにして、ぶらぶらと脚を動かしていた。

それからしばらくして、見覚えのあるシルエットが二つ現れた。

最初に気づいたのは、たぶん大きなほう。あるいは単に、彼のほうが反応を見せたというだけのことかもしれない。

駆け寄ってきた布施は、相変わらずにこやかに笑いながら、双葉の前で腰を屈めた。

「どうした？　朝比奈さんは？」

「僕一人ですけど……」

「まさかまた、飛び出してきたのか？」

「違います」

「じゃ、朝比奈さんは知ってるんだ？」

「え？　いや、知りませんけど……」

問われるまま双葉が正直に答えると、布施はふーんと鼻を鳴らして穂村を振り返った。

遅れてやってきた綺麗な人は、手に携帯電話を持っていた。

「無断みたい」

「ふーん。じゃ、通報してやらないと」

細い指先が器用に動いていくのを、双葉は唖然として見つめていた。

穂村はどうやら朝比奈にメールを打っているらしい。電話にしないのはきっと、直接話したくないためだろう。

「来るのはいいけど、こんなとこで待ってたら危ないぞ」

小さな子供にするように、布施は頭に手を乗せる。

こんなところと言われても、人が大勢住んでいるマンションの前だ。明るさだってそこそこあるし、人通りもあった。むしろ一時間以上もぼーっと座っている双葉のほうが不審な人物だと思われそうだった。

「いや、あの……僕、穂村さんに言いたいことがあって」

布施の肩越しに穂村を見つめると、彼は意外そうにこちらを見つめ返してきた。なにを言い出すのかと、面白がっているふうな気配だった。

「それでも、絶対にＪＳＩＡに入りますから」

新たに決意したことを聞いてもらうのは、穂村が一番のような気がした。別に返事など期待していたわけじゃなかった。

けれども意外なことに、穂村は送信ボタンを押してから音を立てて携帯電話を畳み、少したってから顔を上げた。

「ふーん。まぁ、頑張れば」

いつものように素っ気ないことを言いながら、その瞳はいくぶん柔らかいように見えた。

しかも、それだけではなかったのだ。

「それと、今度からは電話してから来て。番号教えるから」

「は……はいっ」

双葉は思わず立ち上がりながら、音がしそうなほど大きく頷いた。

やさしいとげ

本を読んでいる穂村《ほむら》のことを、双葉《ふたば》は先ほどからものも言わずにじっと見つめていた。

双葉は近頃、よくここを訪れている。こちらのほうが大学に近いので、空き時間になると、ときどき予告つきで訪れているのだ。在宅時に彼らが断ってきたことは一度もなかった。それは布施《ふせ》だけでなく、穂村にしてもそうだった。

気に入られている、というのは、たぶん間違っていないのだろう。だからといって、穂村が積極的に双葉をかまうことはまずなかった。

本来は布施のマンションだが、穂村が入り浸って出ていかず、それを咎《とが》めもしない家主のせいで、ずるずると同居に至っている部屋らしい。

最初は同棲なんじゃないかと考えた双葉だったが、どうやら本当に単なる同居らしい。何度か通って、言葉を交わすうちに、ようやく信じられたことの一つだった。

もう一つ、重要なことを知った。

恋愛関係なのだと疑いもしなかった彼らが、実はそうではなかった、ということ――。

布施にそう言われたとき、恋人ではなくても、たとえば身体《からだ》の関係を結んでいるんじゃないかと下世話な想像をしたものだが、どうやらそれもないようだ。

布施にも穂村にも、別々にそういう相手はいるという。もっとも恋愛をしているというわけではないらしい。

（なんで一緒にいるんだろ……？）

ルームシェアする理由が、ちっとも思いつかなかった。

二人とも高給取りなのだから、金銭的な理由はあり得ない。家事の分担……というほど、家のことをしているようにも見えない。安全上の問題という点も考えたが、それならばもっといいマンションがいくらでもありそうだ。

そして仲は悪くなさそうだが、親友という雰囲気ではなかった。

この人たちは、なにを考えているのだろうか。

もっとも片割れは、いまは彼の寝室で眠っていて出てこないのだが。

殺風景などという言葉が可愛《かわい》らしく感じる部屋は、慣れてきたいまでさえ異様なものに感じられる。モデルルームのように整っている、というならばまだしも、ここはあるべき家具すらもほとんどないところなのだ。

それぞれの寝室には、眠るためのベッドがあるだけ。クローゼットは備えつけだからいいとしても、たとえばこのリビングにはソファもテーブルもないのだ。テレビを置く台すらないほどだ。

当然、キッチンも同様だ。調理器具なんてほとんどなく、冷蔵庫にも食料は入っていない。生きることを楽しんでいない、と言ったのは朝比奈《あさひな》だったが、それは穂村だけでなく、布施もじゃないだろうか。

だってここは、二人で住んでいる部屋なのだから。

単に生活に関するあらゆる興味が希薄なだけかもしれないが、だからといって彼らがほかに大事にしているものがあるとも思えない。

そんなことを、双葉はあれこれと考えているのだった。

やがて穂村が本を閉じるのを待って双葉は言った。

「絶対、二人は恋人なんだと思ってた」

「……またその話？　このあいだ、言ったろ？」

少し呆《あき》れたような言葉が返ってきた。

「うん。だから別に疑ってるわけじゃなくて、僕にはそう思えたんだけどなぁ、って話。好き合ってるみたいに見えたんだよ」

いつの間にか、口調は崩れてしまっていた。元はといえば、布施が「敬語を使われるとムズムズする」と言ってきたのがきっかけなのだが。

穂村はふーんと鼻を鳴らすだけだった。表情もまったく変わらない。作りものめいた綺麗《きれい》な顔立ちは、相手に感情を見せないことに関しては朝比奈並みなのだ。

もっともタイプは違う。穂村は表情を変えないことで相手を困惑させ、朝比奈は得体の知れない笑みで相手を混乱させる。

「根拠は？」

ふいに穂村が尋ねてきた。これはとても珍しいことだった。

「え……根拠って……ええと、カン？」

「カン、ね」

バカにされたのだろうかと思ったが、そうではないらしい。穂村はまたふーんと言って、視線を遠くに投げた。

（いけるかもしれない……）

今日は穂村のガードが甘そうだ。なんとなく、そんな予感がしていた。

自分のカンを信じて、双葉は思い切って尋ねてみた。

「穂村さんたちって、いつからの付き合いなの？」

「気がついたら、目の前にいたけど」

「はい？」

なんだろうか、それは。記憶を失いでもしたのか、あるいは言葉通り本当にいきなり目の前に現れたのか——。

そんなはずはない。バカなことを考えてしまったと、双葉は自分の考えに恥じ入った。

かといって穂村が冗談を言うとも考えにくく——。

「あ……そうか」

突然、ひらめいた。笑いたくなるほど単純な、そして簡単なことだった。

穂村が故意に謎かけをしたのか、そうでないのかはわからなかったが、彼は答えを待つように再び双葉を見つめてきた。

「もしかして、幼なじみ？　物心つく前から一緒だったってこと？」

「そう」

「そっか……あ、でも、ちょっと納得」

「なにが？」

「すっごい仲良さそうには見えないんだけど、なんていうか……しっくりきてる感じがする。付き合いの長さかぁ」

感心して何度も頷《うなず》く双葉を、穂村はものも言わずにじっと見つめている。なにを思ってかは、まったく想像ができなかった。

「あ、でも幼なじみなのに、名前では呼ばないんだ？」

「呼ばなきゃいけないってわけでもないだろ？」

「それはそうなんだけど……」

再び視線を外してしまった穂村の横顔を、双葉はただ見つめることしかできなかった。これ以上は喋《しゃべ》らないぞと、態度が雄弁に物語っていた。

一度こうなってしまうと、もうなにを言っても無駄だ。これは当たりが柔らかい布施にしても同じことだった。

愛想はいいのに、あの男もまたガードが堅い。まだ彼をろくに知らない頃は、そこまで気づかなかったのだけれど。

穂村と布施は、一見したところ正反対のようでいて、実はとてもよく似ているのかもしれない。

双葉は近頃そう思い始めていた。

「あ、そろそろ行かなきゃ。お邪魔しましたぁ」

時計を見て双葉は慌てて立ち上がった。考えごとと話に気を取られていたら、すっかり出るべき時間を過ぎていた。これはマンションから駅までと、駅から大学までの道を走らなくては次のコマに間にあわないだろう。

見送りの言葉は期待しない。穂村の場合、視線を向けてくれているだけでも十分なのだ。

双葉は部屋を飛び出して、駅へと向かって走り出した。


バイトを終えて帰ってくると、双葉の部屋にはいつも、上の階の住人——つまりは大家でもある恋人がいた。

今日も例に漏《も》れず、まるで自分の部屋のような顔をしてソファに座っている。堂々とした態度も相変わらずだ。

「おかえり」

「うん」

最初は違和感のあったこの行為も、慣れれば当然のように思えてくる。たまに朝比奈がいないときなどは、なにかあったのかと心配になるほどに。

「仕事、暇なんだ？」

「どうしてそう思う？」

「だって、今日も昼間っから二人とも家にいたよ。布施さんなんか、ずっと寝てて出てこなかったし」

おかげで読書する穂村の顔を眺めながら考えごとをすることになったのだが、目の保養になったからいいかとも思い直す。

それにああいった沈黙は嫌いではない。話しかけてこなくても、ほかのことをやっていても、穂村が双葉のことを邪魔に思ってはいないことがわかるので、それでいいやと思えてくるのだ。

とはいえ相手が穂村だからこその気持ちだろう。ああいうふうに露骨に他人を拒絶する人だから、どんな形でも認めてもらえると嬉《うれ》しくなる。

「たまたまだろう。布施は今朝まで仕事が入っていたはずだ」

「え、一人？　珍しいじゃん。穂村さん、一緒じゃなかったんだ？」

「簡単な仕事だったらしいからね。危険がまったくない仕事は、さすがに一人で引き受けることにしているらしい」

なにか知っているふうな朝比奈の言葉が引っかかった。この男はなにをどこまで把握しているのか、さっぱりわからないのだ。

だから知ったばかりの事実を突きつけてみる。

「あの二人、幼なじみだって。知ってた？」

「ああ、そうらしいね」

「やっぱり知ってんじゃん！」

「一応ね」

「なんだよ、だったらちょっとくらい教えてくれたっていいじゃないか。ほんとはもっといろんなこと知ってるんだろ」

「その程度のことだけだ。それに他人のことを、べらべらと喋る趣味はないよ」

さらりと返されて、言葉に詰まった。いまのはまったく朝比奈の言う通りだ。思わず自分で口走ったことが恥ずかしくなった。

言い訳のように双葉は言った。

「だってさぁ、気になるじゃん。絶対に恋人同士だと思ったのに、違うっていうし。僕と朝比奈より、よっぽどそれっぽい感じなのに」

「聞き捨てならないね。私たちは、らしくないのか?」

朝比奈がさも心外だというように眉《まゆ》を上げた。

「だって恋人ってより、やっぱり飼い主とペットって感じだよ。自分で言うのも情けないけどさ」

「ペットとセックスをする趣味はないが?」

「いや、だからそういうことじゃなくて……」

ニュアンス、と口のなかで続けたのは、朝比奈には言うまでもないだろうと思ったからだった。意味を取り違えているのでなく、単に言葉遊びなのだ。

双葉は溜《た》め息と共に、この会話を打ち切ることにした。認識の違いはどうしようもない。

「ま、とにかく他人のことだ。余計な口出しはしないことだよ」

「……わかったよ」

確かに呼び方など、大した意味はないのかもしれない。双葉だって中学に入った頃は、それまでちゃんづけで呼んでいた友達を、急に呼び捨てにしたことがある。それと同じように、彼らも社会に出たときにでもあらためたのかもしれない。なにしろ同じ職場なのだ、十分に考えられることだった。

そう思う一方で、たかが呼び方一つと言えない自分もいる。たとえば朝比奈に対する呼び方がそうだった。

姓で呼び慣れてしまって、いまさら下の名前で呼ぶのは気恥ずかしい。でも恋人っぽくない気がして、だんだんと違和感のようなものを覚えはじめているのだ。

（けど朝比奈は、朝比奈だし）

けっして「辰征《たつまさ》」などではないのだ。

ささやかだけれど、けっこう重要な意識だと双葉は思っている。呼び方を変えたら、関係まで微妙に変化してしまいそうな気がするほどの。

（考えすぎなのかもしれないけど……）

「ところで、双葉」

いきなり呼ばれて、双葉の意識は現実に立ち戻った。

「なに？」

「明日は午後からだったね」

「あ、うん。そう、三コマ目から」

だから昼のアルバイトは入れていない。双葉の予定としては、昼前まで寝て、今日バイト先でもらってきた残り物を食べて、のんびりと大学へ行くつもりだ。

そう言うと、朝比奈はなるほどと頷いた。

「だったら、かまわないな」

にっこりと微笑《ほほえ》んで、朝比奈は双葉の両脇《わき》下に手を入れると、ひょいと身体を持ち上げた。

「うわっ、なんだよ！　下ろせっ、やめろってばーっ！」

じたばたと両足をばたつかせ、両手で朝比奈の肩をつかんだ。だが暴れようと罵《ののし》ろうと、朝比奈は涼しい顔で双葉を寝室まで運んでいく。

抗議と悪態の叫び声が、甘く掠《かす》れた喘《あえ》ぎ声と泣き声に変わっていったのは、それから間もなくのことだった。

それを目にしてしまったのは偶然だった。

朝比奈たちが仕事でなにをしているか、どこでどう動いているかを双葉が把握することはまずない。彼らは部外者である双葉にそれを教えることはしないし、仕事に同行させるなどということもなおさらあり得ないからだ。

一人のプロフェッショナルとしても、そして恋人を気遣う一人の男としても、朝比奈がアクシデント以外でそれをすることはないはずだった。

出会ったときに関わった事件を除いては、依頼が片づいてそれが公にしていいもの以外は知らなかったし、そういうものだと理解も示している。

だから、たまたま休暇中の朝比奈と一緒に出かけた先で、穂村と布施を見かけたのは、まったくの偶然だ。

朝比奈が車でデートをしているときに、人気のないところに行きたがるのはいつものことだし、車を止めて双葉にちょっかいをかけようとするのも、いつものことだった。

日曜の夕方——これから夜を迎えようという埠頭《ふとう》は、きっと普通の恋人同士には雰囲気がいいのだろうけれど、双葉には雰囲気に浸れるほどのロマンティシズムはなかった。

キスしてこようとする朝比奈になかば照れ隠しの罵倒《ばとう》を浴びせているうちに、ふと視界の端で彼らを、布施と穂村を捉えたのだ。

「あれ……？」

二人は並んで建物の向こうから現れ、倉庫の前で足を止める。ひどく緊迫した気配をどちらも漂わせている。

朝比奈も気づいたはずなのになにも言わなかった。

「知ってたわけ？」

「まさか」

本意ではなかったという嘆息が、言葉に信憑性《しんぴょうせい》を持たせていた。

考えてみれば当然だ。あの二人が受けた仕事を、いちいち朝比奈が把握しているはずもない。またあの二人が言うはずもない。

「仕事……だよね？」

「だろうな」

車内の双葉たちに、布施たちは気づいていないらしい。常ならば周囲に気を配り、どちらかが気づいて当然だと思うのに、一つの方向を見たまま——つまりは倉庫のなかへと意識を向けたまま微動だにしない。

もっとも、こちらが夕日を背にしているせいもあるだろうが。

「ここにいちゃ、まずくない？　どっか行かなくていいの？」

「あの前を通ってか？」

朝比奈はおかしそうに笑う。

確かに双葉たちがいる場所は先に道路がなく、あるのは海だけだ。立ち去るためには、緊迫した雰囲気の倉庫の前を通らなくてはならなかった。

「ここは静観だ」

朝比奈が同僚の立場でそう判断したからには、双葉に異論などあるはずもない。それに車のガラスには薄く色がついているから、逆光もあって向こうからは見えないだろう。

目を離すことができなくて、双葉は彼らを見つめていた。

やがて——。

パァン、という乾いた音が一つ、響き渡った。

双葉にとって、それは馴染《なじ》みのない音だ。だが銃声なのだということは、目にした光景でわかってしまう。

いつの間にか銃を手にしていた二人は、扉に身を潜めて飛んでくる弾丸をやり過ごし、隙《すき》を見てなかへと撃ち込んだ。

銃を見るのは初めてではないが、撃っているところを見るのは初めてだった。

素人の双葉から見ても彼らの動きには無駄がなく、流れるように綺麗だ。映画やドラマ、あるいはショーでも見ている気持ちになる。

だがこれは現実なのだ。実際に目の前で銃撃戦が繰り広げられているのだ。

「だ……大丈夫なのか？」

「あの二人は慣れているよ」

だからといって安心など出来ない。飛んでくる弾が当たればケガをするし、最悪死んでしまうかもしれないのだから。

それに目の前で連射しているのを見ると、別の心配も浮かんできた。

「いいの……？」

「なにが？」

「いや、だって、あんなバンバン撃って……」

捜査権はあるが逮捕権のない特別調査員が、どこまでの行動を許されているのか、双葉はまだよく把握していない。そしてＪＳＩＡ《ジェイエスアイエー》の規定も知らないままだ。

警察官だって発砲は滅多にしない。たまに威嚇《いかく》射撃をすると、ニュースになってしまうくらいだ。まして弾が人に当たりでもしたら、蜂の巣を突いたような騒ぎになる。

「法律上、問題はないよ」

「でも……」

「まぁ多少、うるさく言う連中もいるようだがね」

嘲笑《ちょうしょう》の混じった冷めたその言い方は、双葉が初めて聞くものだった。朝比奈がそういったうるさい連中に対してどんな見解を抱いているかがわかってしまう。

「嫌い?」

「わかったような口を利く部外者を好きになる理由はないね。もっともあの二人の場合は、問題がないともいえないが」

「問題って?」

「やたらと発砲する傾向がある。それは確かだな。おまけに無茶な運転で追跡をして、会社の車を何台も壊しているし」

話しているあいだに小康状態になり、銃声は聞こえなくなった。だが事態は変わっておらず、穂村たちの位置も変わっていない。

倉庫内に何人いるのか、もちろんここからわかるはずもない。だがたった二人で、しかも応援なしで果たして大丈夫なのだろうか。

「応援に行かなくてもいいの？」

「私の仕事じゃないよ」

「そうなんだけど……でもさ……」

「要請されたわけでもないし、そもそも私は休暇中だ。彼らが依頼を受けた件がどんなものかも知らないんだよ」

丸腰の人間が事情もわからずに出ていくのは、彼らにとっても迷惑なのだと、遅まきながら双葉も理解した。

だからといって心配が払拭《ふっしょく》されるわけでもなかった。

どうしてだかわからないが、彼らを見ているととても不安なのだ。彼らを知るにつけ、疑問と違和感、そして言いようのない懸念が膨らんでいく。

双葉はじっと彼らを見つめた。

布施の身体がゆらりと揺れたのは、一瞬のことだった。

「えっ……」

無防備に――少なくとも双葉の目にそう見えるほど無造作に、布施は扉の陰から倉庫内へと入っていこうとしていた。

危ない、と叫《とど》ぼうとした矢先に、穂村がその瘦身《そうしん》を布施の身体にぶつけるようにして、動きを押し止めた。

美しい顔が、ひどく険しく、そして厳しい表情を浮かべている。あんなに感情的になった彼を見るのは初めてだった。

だが双葉が言葉を失ってしまった理由は、もっと別のことだった。

(なんで……?)

双葉は、はっきりと見たのだ。

「……どうして、あんなときに笑うわけ……?」

なかば茫然《ぼうぜん》と呟《つぶや》いていた。

「目がいいな」

「朝比奈も見たよねっ?」

思わず視線を朝比奈に向けようとしたものの、双葉は無理に布施の顔へと目を固定した。いまはもう二人共が、最初と同じ種類の緊張を取り戻していた。

あのとき——布施がなかへ踏み込んでいこうとしたとき、彼は確かに笑っていた。うっすらと、どこか無機質で力のない笑みを浮かべていたのだ。

理由はわからないけれど、ぞっとした。余裕の笑みや、自信によって浮かべるものとはまったく違うものだった。まして楽しくて笑うのともまったく違う。

一番近いのは安堵《あんど》だとか喜びだとか、そういった感情だろうと思うが、単純なものではないと確信出来た。

「なに……あれ……」

「さぁ。私は布施ではないからね」

当たり前のことを言ってはぐらかそうとしている。すぐにピンときて、双葉は朝比奈の横顔を睨《にら》みつけた。

この男はまったく平然としていた。あんな布施を見ても、少しも驚いていないし、疑問も抱いていないらしい。

「……あんたにとっては意外じゃないんだ？」

「好奇心は捨てなさい」

「ねぇ、なんで？　どうして、あんなの見て納得してんの？」

責めるような口調になってしまった。以前の穂村のときもそうだったが、双葉と朝比奈では知り合いへのスタンスが違いすぎて、とても納得できないのだった。

どちらが正しいとはいえない。朝比奈は冷たいと思うが、双葉は自分が余計なお節介を焼いていることも自覚していた。

「布施さんて……どういう人？」

快活で、いつもにこやかに笑っている、愛想のいい好青年。第一印象はそれで、多少は食えないところもあると思いはしたけれど、双葉は最初に抱いた彼への感想を書き換えてはいなかったのだ。

なのにそうではないのだと突きつけられた気分だった。あの快活さや笑顔は偽物なんじゃないかと思えてきて仕方なかった。

「ああ……そろそろ終わるな」

「え？」

朝比奈に顎《あご》をしゃくられるまま前方に目を戻すと、まさに二人がなかへと飛び込んでいくところだった。今度はほぼ同時に、絶妙のタイミングで。

じっと前を見つめていると、思い出したように朝比奈は言った。

「他人の問題だ。忘れることだよ。いいね？」

すんなりと頷くことはできそうもなかった。

ひんやりとした空気が満ちるその店内に穂村が入っていくと、店員がにこやかに彼を出迎えた。

こういった場所に足を踏み入れるのは、年に二度だ。そのうちの一回は、決まって同じ色の花を買っている。

白い花は、いろいろあった。

バラにユリ、トルコキキョウ、カラー、デンファレ、カーネーション、かすみ草――。何種類もの白い花が存在を主張している。

「贈りものですか？」

男が花屋に入って切り花を眺めていれば、たいていはこう聞かれるものだ。

「墓参りに」

穂村は曖昧《あいまい》にせず、はっきりと目的を告げた。このほうが、余計な会話をしなくてすむからだ。テンションが高い人間でも、墓参りだと聞けばおとなしくなってくれるし、興味本位の視線を向けられないですむ。少なくとも生きている相手に渡すよりは、関心は薄いものだから。

残りの会話は、予算と花束のボリュームを聞かれるくらいだ。

必要なだけの言葉を交わし、穂村はでき上がった花束を持って店を出た。ユリを中心に数種類の白い花で仕上げてくれた花束は、穂村の黒い服にとてもよく映えている。

通行人が、思わずといったように目を留めていた。

いちいちマンションに戻るのが面倒なので、歩いてすぐの駅前の店だというのに、車で来てしまった。短い時間だからと、路上に止めていた。

助手席に花束を置いて、エンジンをかける。ちらりと視線を助手席に向けたものの、すぐに視線を戻して走り出した。

都内にある墓地まではそう長いドライブにはならず、三十分程度で到着した。

平日ということもあって、墓地内は人影もなくひっそりとしている。

訪れた墓の前に来て、穂村はふっと息をついた。

綺麗に掃除がしてある墓には、すでに真っ白な花が飾られていた。見事なバラは、花の白と葉の緑のコントラストが美しかった。

穂村は手にしていた花束を墓前に添えた。先に生けられている花をどけてまで自分の持ってきた花を飾るつもりはなかった。

（そのほうが、おまえも嬉しいだろ……？）

ここに眠る一人に話しかけた。

もう何年も、穂村は自分で墓を掃除したことがない。いつも彼より先に来る者が綺麗にしてくれているからだ。

穂村の両親の命日にも同じことが言えた。

ただし彼は――布施は穂村とここで会うのを避けるため、当日の早い時間か前日に訪れるのだ。

今回は朝早く、のパターンだろう。昨日はそんな様子もなかったし、今朝は穂村が起きたら、もう姿が見えなかったのだから。

水をかけられた墓石はまだ乾ききってはいなかった。最後まで燃えて灰になった線香も、まだ少し熱が残っている。

このことを、あえて話し合ったことはない。

穂村だけではなく、布施もこの件に対しては口を閉ざしている。口にしたら終わりが訪れることを知っているからだ。

「連れていくなよ、志織《しおり》……」

気がつけばそんなことを口にしていた。先日の銃撃戦のときのことが脳裏から離れていかないからだ。

あんなことは久しぶりだったから、自覚していたよりこたえていたらしい。

彼女の意思が働いているなどとは思っていないはずなのに。とんでもない言いがかりだというこくらい、自分でもわかっていた。

一緒に眠る両親は、どう思っているだろう。最愛の娘を失うことになった原因を、あの世で知って嘆いているだろうか。それとも、激しい憤りを感じているだろうか。

(くだらない……)

意味のない感傷だった。人は死んだら、無に帰るだけだ。連れていくだの恨むだのと思うこと自体がおかしい。

穂村は自らにそう言い聞かせる。

矛盾していた。意思などないと思いながら、その影を払《ぬぐ》いきれずにいるのもまた事実なのだ。

こんなにも後ろめたさに縛られているくせに。

（勝手だな）

きっかけはすべて自分たち――穂村と布施が作り出したのであって、彼女は被害者にすぎない。

あのときの彼女の顔が忘れられなかった。

大きく目を見開き、驚愕《きょうがく》と混乱に凍りついていた顔が、やがて哀《かな》しげに歪《ゆが》んだ。衝撃に言葉を失って、震えていた唇がなにかを言いかけて、結局はなにも言ってはくれなかった。

穂村によく似た、けれどもう少し柔らかな顔立ちは、周囲の愛情に包まれていつでも幸せそうに微笑んでいたはずだ。なのに穂村は長く見続けていたはずのそれを思い出すことが出来なかった。あのときの表情が目に焼き付いてしまったからだ。

まだ十九にもなっていなかった。なにごともなくとも長くは生きられなかったかもしれないけれど、それは確実なことではなかった。二十歳《はたち》まで生きられないと言われた人間が、長寿と呼ばれる年まで生きた例だってある。大事にしていけば、もっともっと時間を引き延ばせただろうし、少なくとも、あの年で、あんなふうに死ぬことはなかった。

いまも三人で一緒に、毎年の誕生日を祝っていたかもしれない。

穂村と志織の誕生日を迎える瞬間は、絶対に三人で、というのが彼女の望みだったから。

両親ですら、そこには入ってこられなかった。

物心がついたときから、ずっと一緒だった。まるで三つ子だと、互いの親たちは笑っていたし、自分たちもそう言われることが嬉しかった。

なにもかも、もう取り戻せないことだ。

子供の頃は、いつまでも三人でいるものだと疑いもしなかった。身体が弱かった志織を、二人で大事にしてきたし、そうやってずっと彼女を守っていくものだと思っていた。

男女の差がはっきりしてきた頃から、その考えは少し変わったけれど。

志織が同じ顔をした双子の兄よりも、幼なじみの少年に守られることを望むようになったのも自然なことだったのだろう。

当然だと穂村は思っていた。だから布施に任せようと思ったし、彼ならば大事な志織を任せられると思った。

なによりも自然な流れであるはずだった。そうだと誰もが信じていた。

志織の甘い声を思い出す。顔を思い出すときは哀しげなあの顔だが、声は違う。

幼なじみの名前を呼んでいるときの、甘い声が脳裏に刻まれている。高くふんわりとした声で「圭悟《けいご》」と呼ぶときの声が。

穂村にとっても、物心がついたときからずっと呼び慣れていたはずの名前だ。

「圭悟……」

久しぶりに口にしたそれは、ひどく舌に苦く思えた。

墓地を出てしばらくすると、携帯電話に連絡が入った。

運転中を理由に無視することもできたのだが、ちらりと表示された名前を見て、穂村は車を路肩に寄せた。

「はい……？」

『あ、ええと、双葉ですけど』

ためらいがちの声の調子は、最近では珍しいことだった。最初の頃は遠慮がちにかけてきた電話だが、最近では慣れたのか、自然になっていたからだ。

『あの、いまは外だよね？』

「ああ」

『何時頃、マンションに帰る？　遅い？』

「いや……もう帰るところだ」

『どのくらいに着く？　家に行きたいんだけど』

双葉は訪問前に必ずお伺いを立てる。いつもの電話かと思いながら、穂村は時計に目を落とした。

「いまは大学?」

『うん。片づけしてるとこ。学生課寄ってから、帰るけど』

「だったら近くまで来てるから、迎えに行く。正門より少し、戻る感じで」

手短に指示をして、電話を切った。

なにが楽しいものか、双葉はよくマンションを訪れる。布施はともかく、穂村はちっとも双葉をかまってやらないのに、あまり気にしたふうもない。

そして穂村も、双葉の存在が気にならないのだ。存在が意識に入っていないわけではなく、近くにいられても嫌ではないのである。

可愛い顔と才能があるという以外には特に変わったところもない、普通の少年だ。なのに彼はするすると穂村の領域に自然に入り込んできた。少しばかりお節介ではあるが、それが鼻につくこともなかった。

布施もそうなのだろうか。だとしたら、淀《よど》んだ流れにあの子が新しい水の流れを与えてくれるのだろうか。

穂村は大学の門近くに車を止め、ずっとそんなことを考えていた。

門からは学生たちが続々と現れて、駅へと向かって歩いている。友人同士で楽しそうに話している者、カップルなのか人目を憚《はばか》らずにじゃれ合っている者。一人で歩いている者もいたが、彼らは一様に前を向いている。

あのときから後ろばかり見ている自分たちとは違うのだ。

大学に入学してしばらくは、あんなふうに前を向いていたはずだったのに。

見慣れた小柄な姿が門から飛び出してきて、すぐにこちらを見つけた。駆け出してくるその姿を見つめながら、穂村は目を細めた。

羨《うらや》ましいというよりも、すでに憧れに近いかもしれない。

「ごめん。お待たせしました」

そう言いながら助手席に乗り込んできた双葉は、余裕ができたら教習所へ通うのだと言って、いつも興味深そうに人が運転しているところを見ている。

こういう子ならば上達も早いだろう。

「帰るところだけど、それでいい？」

「えーと、はい。あ……布施さん、いる？」

「たぶんね」

「それじゃ、ちょっと違うとこがいいかな。別に車のなかで話してもいいんだけど」

話の方向が見えてくる。先日、仕事の仕上げをしているところを、偶然にもデート中の双葉たちに見られたことは、朝比奈から聞いて知っていた。

だとしたら、あれを見た可能性はあるだろう。

穂村は大学から少し離れたパーキングまで行って、車を止めた。店でする話とも、運転しながらする話とも思えなかったからだ。

双葉はふとなにかに気づいた様子で、シートの脇に手を入れた。

ギッ、とサイドブレーキを引く音を合図としたように、双葉は言った。

「花……?」

拾い上げたのは、白い花びらだ。落ちやすい種類の花が、穂村の扱いに耐えかねて落ちてしまったらしい。

双葉は意外そうな顔をして穂村を見つめた。

「変か?」

「似合いすぎて怖いかも。自分で買ったの?」

好奇心を隠そうとしない視線は、しかしながら嫌な種類のものではなかった。純粋な疑問だということがわかるからかもしれない。

「買った花束が似合うのは俺じゃない」

「あ……仕事で?」

「いや。プライベートで」

言い方が曖昧すぎて、双葉はますます混乱してしまったようだ。穂村が誰かに花を贈ったのだと解釈して、信じがたい思いでいるらしい。はっきりとそれが顔に表れていた。

知恵熱でも出されたら朝比奈に文句を言われそうだから、早々に種明かしをすることにした。

「墓参りにね」

「あ、ああ……そうか。そうなんだ……」

細い顎が、大きく頷いた。

双葉はもともと父親がおらず、母親も亡くなっている。だから墓参りという言葉も、あまり特別ではなく受け入れられたようだ。

「両親と、妹が眠ってる」

「え……？　妹さん？」

「そう。双子の妹がいたんだ。十八のときに……ああ、ちょうど君と同じ年に亡くなった」

同じ年という言葉に、双葉はひどく痛ましい顔をした。たとえば自分が明日死ぬということは、普通ならば考えられないことだろうから。

そして双葉は、原因を尋ねようとはしなかった。好奇心が強いくせに、そういったことに踏み込んでこない彼だから、好意を抱かずにはいられないのだ。

「……布施さんとは幼なじみ、だったよね」

「そう。妹と三人で、いつも一緒にいた。大学に入ってからは、無理になったけど」

実家から通うには遠すぎて、同じ大学に入った穂村と布施は二人で暮らし始めたのだ。金銭的なことを考えて、そのほうが負担が少ないのと、気心の知れた者同士ということで、当たり前のようにそうなった。

すでにその頃、布施の母親は亡くなっていて、成人するまで穂村の父親が後見人だったのだ。

布施も幼いうちに父親を亡くし、母親に育てられた。そういう意味でも、彼が双葉を気に入っているのは理解できた。

押し黙っていた双葉は、やがて意を決したように言った。

「布施さんて、本当はどういう人？」

「それ、どういう意味？」

逆に問い返すと、双葉は言葉に詰まった。いや、正確にいうならば、どう告げればいいのかを必死で考えているのだろう。

難しい顔をして考えて考えて、結局口にしたのは、単なる事実だった。

「このあいだ、見たんだ。布施さんが倉庫にふらっと入っていこうとしたとき、あの人……笑ってた。なんでか知らないけど、こんなときにこんなふうには笑わないって顔してた」

やはり、と思う。朝比奈は何も言わなかったが、彼も見たということだ。そうして違和感と不審を抱いたのだろう。

双葉は朝比奈と違って、それを忘れてしまえないだけだ。

「それで、どう思った?」

「どうって……なんか……ぞっとした」

「正直だな」

穂村は我知らず笑みを浮かべていた。それは他人から見たら、ほんのわずかな変化だったろうが、双葉にはわかったらしく、怪訝《けげん》そうに眉がひそめられた。

手に取るように感情が伝わってくる。双葉という人間は、気持ちや動きが一つ一つ顔や態度に出てしまうのだ。

朝比奈が惹《ひ》かれるのもわかる気がした。自分とまったく違うそんな部分も、朝比奈を突き動かし、そして愛《いと》しんでいる理由の一つなのだろう。

自分にないものを持つ人間に対する感情は、主に二つだ。嫉妬《しっと》するか、好ましいと思うか。

どうやら穂村も後者らしい。朝比奈と一緒かと思うと少しばかり嫌な気もしたが、抱く好意の種類は違うのでよしとしよう。

「僕、最初は穂村さんのほうが、ヤバいんだと思ってた」

「だろうね」

「人付き合いとかだめそうだし、なにも楽しくないって顔してるように見えたし、なんていうか……厭世《えんせい》観、漂ってたし……」

取り繕うこともなく双葉は言葉を羅列する。口に出して言えるのは、彼が正直というだけでなく、いまはそこまでと思っていないからこそ、だろう。

現に彼のなかでの認識はすでに逆転しかけている。

「それも間違ってはいないいかな」

「え……」

「さすがに厭世観はないつもりだけど」

人付き合いが苦手なのも、なにか楽しみがあるわけじゃないのも事実だった。言外にそう告げると、双葉はバツが悪そうに押し黙る。

「いいよ。それで、君は布施のほうがまずいと思ったわけだ?」

「うん……。だって明るくて社交的で、いっつもにこにこしてて……。あれが本物じゃなかったらどうしようって……」

「本物だよ」

嘘《うそ》ではなかった。双葉はじっと穂村を見つめ、本当かと目で問うてきたが、これは気休めでもごまかしでもなく真実なのだ。

「布施は仮面を被ってるわけじゃない。ただ……」

言いかけて、言葉を呑《の》み込んだ。

双葉を相手に――いや、そもそも誰かを相手に、こんなことを話している自分が信じられなかった。目の前にいるのが双葉だからなのか、それとも単に誰かに聞いてほしかったのか、それは穂村自身にもわからない。

こんなに口は軽くなかったはずだ。それとも双葉には、相手を溶かす特別なものがあるのだろうか。

ふっと息をついて、穂村は続けた。

「ただ、布施は自分を生かそうと思っていないだけだ」

「な……」

双葉は凍りついて、今度こそ言葉を失っていた。

穂村も前を向いたまま何も言わず、ただ指先でハンドルの革を小さく叩《たた》き、自分の言葉がけっして間違っていないことを確認していた。

先に口を開いたのは双葉だった。

「し、死にたがってるってこと？」

恐る恐る、という表現がぴったりの様子だった。彼が欲しいのは否定であり、大きな目がじっとそれを期待して穂村を見つめている。

視線を返しながら、期待に添えない言葉を向けた。

「そういうことになるかな」

「な……んで……」

「さぁ、楽になりたいからじゃないか。あいつは、俺がいる以上は楽になれないけど、俺を振り切ることもできないから」

こぼれるのは自嘲の笑みだ。そこまで布施を追いつめたのは自分かもしれないと思いながら、いまさら彼から離れることもできない。

悪い循環にはまってしまったのだろう。きっかけは布施だったが、どんな方向にせよ流れていた水を塞《せ》き止めてしまったのは穂村なのだ。

三人でいることに、疑問を感じたことなんてなかった。

二卵性双生児という間柄とはいえ、男と女なのだからある程度の年齢になればくっついていることもなくなるはずだが、穂村たちはそうじゃなかった。隣の家に住んでいた布施もまじえて、いつでも三人一緒だった。

彼らの付き合いは、物心がつく前から始まっていた。お互いの親は、隣に住むようになってからの知り合いだったが、よほど相性がよかったのか、あっという間に親友とも呼べるような関係になったという。

布施は両親共に仕事を持っていたから、昼間はずっと穂村の家に預けられていた。双子の兄妹と一緒に育てられ、穂村は妹を認識するのと同じように、布施のことを捉えていた。

家族ぐるみの付き合いというよりも、親戚のようだったと思う。穂村にとって布施は、兄弟のような従兄弟《いとこ》のような、とにかくとても近い存在だった。

双子の妹の志織は生まれつき身体が弱く、そのせいで壊れもののように大人たちから大切にされていた。だから穂村たちも彼女のことを、大切に守ってやらねばならない宝物のように思ってきたし、実際にそう扱った。

両家の付き合いは、自分たちが五歳のときに布施の父親がなくなってからも続いた。いや、むしろそれによって結びつきが強くなったともいえた。それから十年もしないうちに母親まで亡くなったときも、付き合いのあまりない親戚よりもと、穂村家が彼を引き取ったほどだ。

それは布施の希望でもあった。養子にという話も出たが、布施はそれを固辞し、結局は穂村の父親が後見人となった。

その理由は、よくわからない。ただこちらの両親の胸には、将来志織と結婚するときにそのほうがいいという思いがあったのも確かだった。養子という言葉を口にしておきながら、布施が断ったときに、両親がほっとしていたのを穂村は見逃さなかった。

幼稚園のときから、冗談半分に結婚の話は出ていた。布施と志織が、無邪気に将来を誓い合ったりしていたこともあった。

少なくとも志織は本気だ。ただ布施のほうは、彼女を妹のようにしか思っていないかもしれない。はっきりと聞いたことはなかったが、恋をしているようには見えなかった。だが彼女を傷つけることはできないだろう。彼女が、そしてこちらの両親が望めば、布施は結婚さえも断らないかもしれない。そう思わせるようなところがあった。

「遥佳《はるか》、少しは手伝えよ」

自室で本を読んでいた穂村を呼びに来た布施は、その口調ほど怒った様子は見せず、入り口のところで呆れたような苦笑を浮かべた。

大学に入り、家を離れて二人で暮らし始めて、最初の冬を迎えていた。

穂村たちが高校卒業まで育った家は、首都圏に作られた新しい町にあったが、あまり交通の便がよくない界隈《かいわい》だった。

駅まではバスを使わなかったら三十分以上はかかる上、肝心のバスは時間的にあまり当てにできない。最寄《もよ》り駅はこの町のために作られた路線にあるもので、異常に運賃が高い上に、ほかの線との接続がとても悪い。

そんなわけで、揃《そろ》って都内の某国立大学へ合格した彼らは、大学の近くに部屋を借りることにしたのだ。片道二時間近い通学を四年も続けるのは得策じゃないという結論に達したからだ。もちろん簡単に決めたことではなかったけれど、一日四時間の通学時間は、彼らにとってとても無駄な時間に思えた。

この決定を誰よりも喜ばなかったのは、妹の志織だった。

生まれたときからずっと一緒にいた二人が、一度に家を出てしまうのだ。寂しいと思うのは当然のことだったし、穂村たちにとっても家を出ることに躊躇《ちゅうちょ》した唯一の理由が彼女だった。

三人ではなくなったいまの状況は、思っていたよりも寂しくはなかった。最初は違和感もあったが、すっかり慣れてしまった。

最初の頃こそ週末のたびに帰っていたが、いつの間にかそれもしなくなった。志織は不満そうだが、仕方がないと諦《あきら》めてもいるようだ。

「なにもできないけど」

「やんなきゃ一生できないんだよ」

もともと家事の類《たぐい》に一切、興味と努力を傾けない穂村のせいで、キッチンに立つのも掃除をするのも当然のように布施の役目になっている。両親が同居を推奨したのは、長男の生活能力のなさと無頓着《むとんちゃく》さを心配したせいもあった。

布施は穂村に家事を仕込むつもりだったようだが、二週間で放棄した。自分がやったほうがマシだと気づいたからだ。

文句を言いながらも黙々とこなす布施が、口で言うほど労力の多さを嫌がっていないことはわかっていた。

だが、以前とどこか変わったように見えるのはどうしてなのだろう。

穂村は黙って彼を見つめ返した。

「なんだ?」

「別に……エプロン、似合うな」

からかい半分、そして本気が半分だ。実際、黒いコットンのシンプルなエプロンは、どこかのカフェのアルバイターのようで、なかなか布施に似合っている。これをわざわざ買ってきて、引っ越しの荷物に紛《まぎ》れ込ませたのは志織だった。

残念なことに、生成《きなり》のおそろいのエプロンは、いまだに使用されたことがない。

「おまえのほうが似合うって。シャレになんねーぞ、きっと」

「なにが?」

「いや……まぁ、その顔だし」

「顔ねぇ……」

穂村は本を閉じ、気が進まないといった態度もあらわに立ち上がる。そうして布施に続いてキッチンへ向かった。

この顔、と言われても、自分で選んだ顔ではないので仕方がない。女性的な顔をしているのは穂村が望んでのことではないのだ。

しかしながら、男女の双子でこんなに顔が似なくてもいいのに、とは思う。おかげで子供の頃は、なんの疑いも抱かれず姉妹だと判断されたことが何度もあった。

「にっこり笑ってみな。可愛いぞ」

「別に可愛くなる必要はないと思うけど」

「もったいないじゃん。せっかく綺麗な顔してるのに」

「この顔で笑った顔が見たいなら、実家に戻れば」

きっと志織は蕩《とろ》けるような笑顔で迎えてくれることだろう。

輪郭《りんかく》も鼻も、耳の形まで、彼女とはよく似ているのだ。目や口元だって本当はもっとそっくりなのだろうけれど、表情のせいで違って見えるらしい。柔らかな笑みを常に浮かべている彼女は、全体的にとてもイメージが柔らかかった。

反して穂村は、硬質だとよく言われる。

「おまえが顔を見せると、志織が喜ぶ」

「あのなぁ……別に、そういうことは言ってないだろ?」

「志織の顔が見たいんじゃなかったのか?」

「一体どういう解釈なんだよ」

布施は顔をしかめて、それから溜め息を吐き出した。

単なる冗談で、言葉遊びのようなつもりでいた穂村は、布施の意外な態度に言葉もなく、彼を見つめた。

だが内心の驚きは、布施に伝わることはなかった。傍目《はため》には、穂村はなんの感情も浮かべていないように見えてしまうのだ。

「人を代用品にするほど悪趣味じゃないぞ。だいたい生まれたときからの付き合いで、いまさらおまえが志織に見えたりするもんか」

「……圭梧?」

戸惑っている、というのが正直なところだった。穂村だって、まさか何気ない自分の一言で、布施がこんな反応を示すとは思ってもみなかった。

近頃少し、布施は苛《いら》ついているように見える。いや、それは言葉として正しくはないかもしれない。彼はどこか余裕をなくし、情緒の安定を欠いているようなのだ。

理由は知らない。穂村は尋ねるどころか、気づいているそぶりさえ見せてこなかったからだ。

「どうかしたのか？」

初めて問いかけると、布施は少し意外そうな顔をした。

「なにが？」

「おまえ、このところ様子が変だろ？」

「気づいてたのか……」

それこそ予想外だった、と言わんばかりの顔をした。布施はそれから、視線を遠くに飛ばして黙り込んだ。

違和感を覚えるようになったのは、ここで暮らし始めてからだ。最初は慣れない暮らしに余裕がなくて、そんなことにまで気がまわらなかったし、おそらく布施のほうもそれどころではなかったはずだが、生活のリズムができ上がっていくにつれて、妙な空気が漂うようになった。

最初は穂村への不満なのだと思っていた。家のことをなにもしないとか、穂村のほうから布施にあわせることをしないとか――。だがその程度のことならば、布施は黙っていたりせず、はっきりと口に出して言うはずだった。

あからさまな変化ではないから、穂村もこれまでなにも言わなかったのだ。

「俺に不満があるなら、そう言えば。自覚はあるから」

「まだ三カ月しかたってない。これから卒業まで暮らすつもりなら、いい状態にしたほうがいいんじゃないか？」

「不満か……」

こんな雰囲気になるなんて、想像もしていなかった。

布施と暮らせないのだったら、きっとこの世に穂村と一緒に暮らせる他人など存在しないだろう。いや、むしろ家族よりも気が楽で、馬があう相手だ。そうまで思っていたのに、蓋《ふた》を開けてみればこの有様だ。

このままでは、自分自身に失望してしまいそうだった。

「主梧？」

「別に不満なんてねーよ」

布施はそれだけ言って穂村に背を向けた。

滅多にない、穂村からの譲歩――ともいうべき会話を、布施のほうから拒むなんてことは、いままでないことだった。

違和感なんてものじゃない。これはもう異変だった。

きっかけは驚くほど他愛もない言葉でしかなく、逆にいえば、そんな些細《ささい》な言葉で空気がおかしくなるほどのなにかがあるということだった。

穂村は結局、そのまま自室に戻った。

ずっと三人だったから、二人のときにどうしていいのかよくわからない。ケンカをしたことがないとはいわないが、こんな気まずさは初めてだった。

こんなとき、志織ならば、きっと自分たちをまとめてくれた。彼女というピースがなかったら、自分たちはこんなにも上手《うま》くいかないのかと、思い知らされた気分だった。

(甘えてたのは、俺か……)

無意識なだけに始末が悪い。

布施と二人で志織を甘やかしてきたつもりでいたが、実際は布施の譲歩と許容の広さの前で、我《が》を通し続けていただけなのかもしれない。

布施の忍耐力が切れたのだと言われても、返す言葉はなかった。

だが言いたいことがないわけでもない。

文句があるならば、言えばいいのだ。あんな態度で、不満がないなどと言われたところで誰が信じるというのか。

そんな不満を抱くことこそが、思いやりのなさだということを、唐突に自覚する。

微妙に関係が変わったのは、いまに始まったことではなかったはずだ。彼の母親が亡くなり、穂村の父親が後見人となったときから、かつての関係ではなくなった気がする。一つ屋根の下に暮らし、家族だと皆は思っていたけれども、世話になっている布施のほうはただそれだけではなかったのだ。

遠慮だとか、気遣いだとか。穂村たちが気にもしない部分で、布施はいろいろなことを考えていたのだろう。

こちらの両親に対して、かなり気を遣っているのは前からわかっていた。頼まれたら、嫌とは言えないほどに。

（養子を断ったのも、そういうことか……？）

穂村の家に縛られないために、なのだろうか。いまはまだ未成年だから、じっと耐えているというのだろうか。

よくわからなかった。付き合いの薄い親戚よりも穂村の家を選んだのは布施の意志でもあったのだ。

それとも、親戚よりもマシという程度のことだったのだろうか。本心を押し隠し、ただ両親の手前、同居を我慢しているということなのか。

穂村は小さく舌打ちをして、ベッドに身を投げ出した。

頭のなかが、ぐちゃぐちゃだ。なにが正しくて、なにが間違っているのか。自分が本当はどうしたいのか、それすらもわからなくなっている。

ただ、もし布施のほうから手を放せないというなら、こちらが自由にしてやればいい。簡単なことだと、穂村は目を閉じた。

一人で学食にいる穂村に、盗み見るような、あるいはあからさまな視線を送る者は多かった。

穂村自身はどうでもいいと気にもしていなかったが、彼は容姿のおかげで入学したときからかなりの有名人だったのだ。おまけに四六時中、これまた大柄で見目の整った布施と一緒なので、なにかと話題になっていた。

同居ではなく、同棲だと囁《ささや》く声があることも知っている。

（どうかしてる……）

布施との仲を邪推されるのは心外だった。確かに自分は女顔だが、ただそれだけでおかしな噂《うわさ》を立てる連中の神経が理解できなかった。

地元では布施の相手は当然のように志織だったから、この手のことを言われるのは初めてだったのだ。

窓際の席にいた穂村の隣に、誰かが定食のプレートを置いた。

「ここ、いい？」

「……もう置いてるじゃないですか」

目を向けなくても、声で相手はわかっていた。

「一応、礼儀だから」

にこにこと笑いながら、結局は返事を待つことなく、一つ上の先輩は穂村の隣に座った。

彼は高校のときの先輩でもあった。とはいえ、部活動でも委員会でも関わりのなかった、ただ同じ学校出身というだけの間柄だ。とりあえずお互いに目立っていたので、顔は知っていたという程度だった。

もっとも向こうは、穂村のことをいろいろと知っていた。顔だけでなく名前も、布施との関係も志織の存在も。

それくらいに穂村たちは、前の学校でも有名人だったわけだ。

「一人でいるなんて珍しいね」

永井一紀《ながいかずき》というその先輩は、高校時代にはまったく口を利いたことのない人だったが、大学に入ってからよく話しかけてくる。

一重の切れ長の目が涼しそうで、それをフレームレスの眼鏡《めがね》で飾っているが、茶色にした髪のせいか、ほどよく真面目そうで、ほどよく砕けた印象だ。だがそれが演出だということを穂村は知っていた。大学の中では優秀な学生だが、外ではそれなりに遊んでいるという噂も聞く。これは布施がどこからか聞いてきて、忠告として耳に入れてくれたものだった。

「ケンカでもした？」

「してませんよ」

当たらずとも遠からず、といったところか。それにしても一緒にランチを取っていないだけで、憶測はそこまで飛ぶものらしい。

道理で興味本位の視線を浴びせられていたわけだ。つくづく暇な連中だと思わずにはいられない。

だが穂村に話しかけてくる人間は希《まれ》だ。とにかく彼の場合は話しかけるのに勇気がいるらしい。作りものめいた硬質の美貌《びぼう》は隙がなさすぎて近づきがたいし、視線は冷たい印象を他人に与える。淡々とした口調も相手を萎《しぼ》ませるには十分な効力を発揮したし、会話を続けようという努力もしないので、たとえば思い切って声をかけたとしても、すぐに気まずくなってしまい、その空気に耐えられなくなって立ち去ってしまう。そして二度とは話しかけてこないのだ。

だから永井のような人間は、とても珍しい。おそらく出身校が同じという強みと、本人の神経の問題なのだろうが。

ぱちん、と箸《はし》を割りながら、彼は穂村に目を向けた。

「相棒を置いて教室を出たって話だけど」

「おかしいですか？」

まるで穂村が布施を無視しているような言い草だが、それは誤解だ。彼自身が見たわけではないので、話が変なふうに伝わっているのだろう。

いつものように授業のときは近くに席を取った。終わってから一応、声もかけたが、布施がいいと言ったから一人で出てきただけだった。

「うん。高校のときから君らを知ってる者として、これは異変だなと思ってるよ」

「そうだとしても、先輩には関係ないでしょう」

「ああ、そういう冷たいことを言うんだ。本当に穂村はつれないなぁ」

大げさなほどの溜め息をつきながら、永井はようやく食事を始めた。そうして穂村の手つかずのプレートを見て、食べろと勧めてきた。

だが食べる気にはならなかった。もともと食に対する欲求は希薄で、食事を楽しもうという気があまりないのだ。

食欲だけではなく、穂村はいろいろな意味で欲求というものをほとんど感じない人間だった。

「あれ……いまさら来たよ」

永井の言葉に目を向けると、学食の券売機の前に布施の姿があった。一緒にいるのは、同じ授業を取っている女子学生だ。いつも布施に熱い視線を送っていて、どうやら彼女に連れてこられたという雰囲気だ。

「いいの？　あれ」

「どうして俺が布施の交友関係に口を出さなきゃいけないんです？」

永井は箸を止め、じっと穂村の顔を見つめていたが、やがて納得した様子で顎を引いた。

「別にいいなら、いいんだけど……。妹の許嫁《いいなずけ》ってのは、どうなの？」

「そんな噂、信じてたんですか？」

嘲《あざけ》るような響きになったというのに、永井は気にしたふうもなかった。

いまどき許嫁もないだろうと思うのに、彼らの高校ではそういうことになっていた。おかげで布施に言い寄る女の子も少なかったのだが、志織の存在がないここでは、布施を狙《ねら》う女の子が引きも切らない。

「信じていたというか……それもありかな、という感じ」

言っていることがよくわからなかったが、追及するほどの興味はなかった。

布施たちはそれぞれトレイを持って、離れた席に座ったようだ。こちらからは布施の背中しか見えないが、向かい合っている彼女は蕩けそうな笑みを浮かべている。

志織と同じ質の笑顔だ。布施のことが好きでたまらないのだろう。

「今日中に、破局説が出まわりそうだな」

「本当にくだらない」

吐き捨てるように穂村は言った。誰と誰がくっつこうと離れようと、そんなものは赤の他人にはまったく関係がないのに。

しかし永井は、わかっていないとばかりにかぶりを振った。

「一部の人間にとっては、そうでもないだろ？」

「……一部？」

「たとえば布施を狙ってる子たち。それから、おまえのことを狙ってる連中」

「そんな物好きは、あんたくらいですよ」

「またまた。前から俺以外の誘いもあったでしょ？」

「ありませんよ。少なくとも、こっちに来るまではね」

それも入学して一カ月のあいだだけだった。穂村の性格と態度を知って、そのうちに遠巻きに見られるだけになった。

高校のときは共学だったから、いくら穂村の顔が飛び抜けて綺麗でも、ほかに可愛い女の子はいたし、顔が気に入ったというならば志織がいた。そして女の子たちは、穂村のことを恋愛対象にはしなかったのだ。

なるほど、と永井は頷いた。

「地元だと美人の妹と、番犬がいたからな。ああ、番犬がいるのはいまも同じか」

番犬、というのは布施のことらしい。確かにあれは大型の犬だろうと思いながらも、別のところが腑《ふ》に落ちなかった。

問いかけもしていなかったのに、永井は答えた。

「女の子たちにとっては、取っつきにくいを通り越して怖いと思われてたみたいだしな。眺めているほうがいい、って言われてたの知ってるか?」

「一応」

「ただ、高校のときだって、おまえのほうがいいってやつはいたよ。嗜好《しこう》の問題だからね。ちなみに俺も、その一人」

軽く告げる永井を、穂村は冷めた目で見た。

「本当にゲイなんですか?」

「うん」

「ふーん」

だからといって、思うところはなにもなかった。そういうものか、という突き放した理解があるのみだ。

同性の性的な欲求が自分に向けられても、嫌悪がない代わりに感慨もないのだ。異性にそれを向けられるのと同じように捉えているにすぎない。

「冷めた反応だよね。で、おまえはどうなんだ?」

「さぁ……」

はぐらかしているわけではなく、穂村には答えようがなかったのだ。対象が異性だろうと同性だろうと、穂村の心が動いたことはなかったからだ。

ヘテロなのか、バイなのか、それともゲイなのか。もしかしたら、恋愛感情というものが欠落しているのかもしれないとも思えてしまう。

だからといって、困ることもなかった。

「前から聞きたかったんだけど、セックスしたことあるの？」

「なかったら、いけませんか」

いろいろな欲求が希薄な穂村は、性欲もまた薄いのだ。興味もないから、試してみようという気も起こらない。

一つだけ思うことは、自分のような人間は家庭を持たないほうがいいだろうということだった。父親にもならないほうがいい。そういった意味では、相手が男であることに問題はない。

永井は感心したふうに頷いた。

「なるほど、そっちか。どっちもありだとは思ってたんだ。そんな顔してやることはやってる、っていうのもありだし、未経験てのも、ありだし。まぁ俺は、こだわらないけどね。あ、不感症ってのは、ちょっと勘弁だけど」

喋っているのはほとんど永井のほうだというのに、いつの間にか皿は空になっていた。それでいて、かき込んでいた感じではなかったのには感心した。

「試してみないか？」

「セックスを？」

「そう。今度、泊まりに来れば。先輩が、いろいろと教えてあげるよ」

「教えてほしいとは思わないけど、泊めてくれるなら行きますよ」

「え……？」

永井は目を瞠《みは》り、そのまま言葉もなく穂村を見つめた。思ってもみなかったことを言われた、という顔だった。

「別に先輩でなくてもいいんですけど」

「いや。それは、ぜひ俺にしてほしいな。一体どういう心境の変化？」

予想外のことに慌てながらも、永井は探るように穂村を見つめた。

穂村がこの男のことを嫌いじゃないのは、けっしてこちらの神経を逆撫《さかな》でしないからだ。余裕は見せるがからかいはしないし、自信はちらつかせるが、自惚《うぬぼ》れはしない。いまだって穂村が「落ちた」などとは微塵《みじん》も思っていないのだ。

「心境はなにも変化してません」

変わったのは、布施のほうだ。

「まぁ、いいけどね。理由はなんでも」

恋愛を期待していないから、理由は気にしない。穂村にとって、このスタンスはとても気楽で、好ましいものだった。

一緒に夜を過ごしたからといって、襲いかかってくるほど、永井はがっついているわけではないだろう。穂村を口説《くど》いているのも、興味が強いだけであって本気なわけじゃない。相手に不自由しているふうでもなさそうだし、嫌だと言えばなにもしないはずだ。

仮にこの読みが外れたとしても、大したことじゃない。する気もなかった経験が、一つ増えるというだけだろう。

メールを打つのは、後でいい。

穂村は窓の外に目をやって、灰色の空を見つめていた。

借りたパジャマを着てバスルームから出ていくと、テレビを見ていた永井が、床に放り出していたバッグを指さしながら笑みを浮かべていた。

「電話、鳴ってたよ」

おそらく布施だろう。夕方、永井と連れだって大学を出た後で、電車に乗り込みながらメールを打ったのだ。

外泊を知らせたのは単に共同生活上のルールに基づいてのことだった。黙っていたら、布施は二人分の食事を作っただろうし、なにがあったのかと心配するはずだ。

すぐにメールではなく電話が来たのだが、電車に乗っていたので取らなかった。十五分ほどのあいだに、二回鳴ったが、どちらも無視する形になった。

それきり、しばらくはかかってこなかったのだ。

バッグから携帯電話を取り出して、布施だったことを確認する。だがリダイヤルはしなかった。

「かけてやらないのか？」

「メッセージも残ってないし、大した用事じゃないんですよ」

どうせ外泊の意味を問う気なのだ。あるいは子供じみた抗議だとでも思って、なにか言うつもりなのかもしれない。

「ちゃんと、俺のところだって言ったのか？」

「ええ」

「じゃ、簡単にこの場所もわかるな」

確かに大学の知り合いを捕まえられなくても、出身高校の知り合いに尋ねれば、誰かは永井のアパートを知っているはずだ。だからといって、知ることに意味があるとは思えない。あるとすれば、永井がゲイだということへの心配だろう。

干渉されるいわれもなかったが。

「なにを期待してるんですか？」

「とんでもない。懸念だよ。騎士が、お姫様を救い出しに斬り込んでくるんじゃないかってね」

誰が姫だと、穂村は目をすがめて永井を見た。

前半は間違っていない。布施は確かに騎士のように、お姫様を——志織を守ってきたようなものだったから。つい先日まで穂村もそのつもりでいたが、いまではにぎやかしにすぎなかったのだとわかっている。

あるいは大学生の二人暮らしに、マンションを与えた親への皮肉とも考えられた。穂村の父親は大手企業の役員で、そこそこの資産家なのだ。

「布施のお姫様は、実家にいますけど？」

「病弱で儚《はかな》げなお姫様か。でも、俺は冷たくて気位の高そうなお姫様がいいな」

「そうですか」

永井の言葉はほとんど穂村のなかには残らない。右から左へとさらりと抜けていってしまう。逆にいえば、耳障りでもないということだった。

ただ自分のほうがいいというのは本心だろう。永井はゲイなのだから、性別という時点で穂村のほうが好きで当然だ。つまりは、その程度のことなのだ。

じっと見つめていた永井が、口元に笑みを浮かべながら言った。

「キスしてみる？」

「興味ありません」

「あ、そう……。いや、断られるにしても、そう来るとは思わなかったな。普通、嫌とかだめとか言わないか？」

「さぁ」

穂村はバッグに入れておいた本をつかみ出して、言外に会話の中断を求めた。大学の図書館で借りた本は、そろそろ返却の期限が迫っている。

永井はあっさりとそれに従った。しつこくないところも、彼のいいところだ。

「上へどうぞ」

言いながら、手で上を指し示した。

学生用のアパートは、キッチンと少し広めの部屋が一つ、それからロフトがついていた。このロフトは四畳半程度の広さがあり、窓もあって、永井は寝室代わりに使っているという。床に敷いた布団が穂村のものかと思っていたら、風呂に入っているあいだに上にあったものを下ろしてきて、客用をロフトへ上げたらしい。

「どうして、わざわざ？」

「やっぱりお姫様は、低いところに寝ちゃだめでしょ」

「……それはどうも」

どこまで冗談なのかわからないが、とりあえず好意には甘えることにした。本を手にロフトへの梯子《はしご》を上ろうとすると、バッグを差し出された。

「電話かかってきたとき、下から投げるのもあれだしね」

穂村は黙って受け取って、ロフトへ上がった。枕元のスタンドを点《つ》け、寝そべって本を開く。

永井が話しかけてくることはなく、音を小さくしたテレビが聞こえてはいるものの、うるさいほどではなかった。

明日は土曜日で授業は入れていない。家庭教師のアルバイトも、週末はないのだ。

思っていたよりも、居心地は悪くなさそうだ。試しにもう一泊くらい、してみようか。

永井は断わらないだろう。どういう感情にしても、彼が穂村に向けてくる好意は本物であり、いまのところ物珍しさも手伝って歓迎してくれている。なにもして来ないのは、単にそこまで強く穂村を欲していないだけだ。

週が明ければ、どのみちマンションに戻るつもりだった。

布施との同居を解消することは考えていない。親に上手く説明はできないし、それはそれで彼に余計な気を遣わせてしまうだけのような気がする。だったらこのままで、穂村があまりあのマンションにいないようにすればいい。

ずっと永井の世話になるわけにはいくまいから、泊めてくれるような知り合いを、あと何人か増やそうか。

状況に応じて愛想をよくするのも、必要なことかもしれない。ただで泊めてくれる相手ばかりとは限らないから、代償が必要だというのならば、払えばいいことだろう。セックスに興味はなかったが、この顔と身体が役に立つというのなら、使うことにためらいはない。

穂村はロフトの手すりから下を覗《のぞ》き込んだ。

気づくことなく永井はテレビを見ている。

「……先輩」

「うん？　どうした？」

珍しくも穂村のほうから話しかけたことに、永井は少なからず驚いているようだ。それでも笑顔を絶やすことはなかった。

「あんたのほかに、俺を泊めたいってやつはどれくらいいると思いますか？」

「それは、セックス抜きで？」

「込みでもいいですよ」

平然と答える穂村の真意を、永井はしばらく黙り込んで探っていた。頭のいい彼のことだから、こちらの言いたいことはわかっているのだろう。だが突っ込んで聞いてくることはしなかった。

「セックス込みだったら、いくらでも」

「ふーん……」

「なに？　そういう相手が欲しいの？」

「ただで置いてくれるならそれに越したことはないですけどね。それは甘いでしょうから、だったら仕方ないかな、と」

「だったら俺を最初の男にしてみないか？　初めての男としては悪くないと思うよ。それなりに経験もあるし」

誘う男を見つめ下ろした。

顔立ちはいいほうだ。全体的に清潔感があるし、本人曰《いわ》く病気もなければ、特殊な性的嗜好もないそうだ。

そしてなによりこの男は余計な詮索《せんさく》をしない。穂村の思惑を聞こうとも、探ろうともしないのだ。

本を閉じ、スタンドの明かりを消して、ゆっくりと梯子を下りていく。永井の前に膝《ひざ》をついたとき、彼は最後の確認だとでもいうように、穂村の手に自分のそれを重ねて、じっと見つめてきた。

少しずつ、男の顔が近づいてくる。

唇を触れあわせた後、わずかに離して永井は言った。

「目は閉じてくれる？」

言われるままに従った。視覚が遮《さえぎ》られるためなのか、さっきと違って少し緊張した。それでも、胸が騒ぐことはまったくなかった。

口を軽く開くように促され、他人の舌の感触を初めて知った。

穂村はわずかに眉をひそめる。

しばらくすると、永井は唇を離してくすりと笑った。

「無反応は、相手がしらけるぞ」

「なるほど」

「キスの仕方も、教えなきゃな」

「……それは、どうも……」

「ちょっと待ってて」

穂村を布団の上に残し、永井はチェストの引き出しを開けに行く。そしてすぐに、手に小さな丸いケースを持って戻ってきた。

「ちょっと確認。セックスってことは、入れていいんだよね？」

「そういうものなら、いいんじゃないですか」

他人ごとのように言う穂村に、永井は苦笑を見せる。

「まぁ、いいなら、しようか。ああ、ちなみにこれは潤滑クリーム。気持ちよくなっちゃう成分入り。穂村の場合は、これくらいしたほうがよさそうだからね」

そうでもしないと楽しめない、と言われたようなものだった。愉快ではなかったが、そんなものだろうとも思っていたから、穂村は先を促す意味で永井に目を向けた。

どうすればいいのか、わからなかったのだ。

「それ、脱いで」

永井に言われるまま、彼の目の前でパジャマを脱いだ。多少の抵抗はあったが、羞恥心《しゅうちしん》というほどのものではなかった。

身に着けたものをすべて取り、永井の目の前に座る。

満足そうに彼の口元が動いた。

「うん、綺麗だ。ラッキーだな」

肩を抱き寄せられて、再びキスをされる。今度は最初からちゃんと目を閉じ、絡まる舌に拙《つたな》いながらも応じていった。

キスをしながら身体を横たえられて、唇がやがて別の場所へと移っていくのを感じていた。首の付け根を強く吸われる。舌でなぞられて、同時に手のひらや指で素肌を撫《な》でられた。

奇妙な違和感はあったが、快感といえるほどはっきりしたものではなく、穂村はぼんやりと天井を見つめてされるままになっていた。

だが胸を責められたときに、あからさまに違う反応が身体に起きた。

「っ……」

じんわりと、味わったことのない感覚が生まれた。嫌なものではなくて、たぶん快感に近いものだったのだろう。

「ここ、感じる？」

人の声を肌で感じるというのは経験のなかったことで、穂村はじわじわと奥底から染み出してくるような未知の感覚に身を委《ゆだ》ねようと目を閉じた。

ぬめった舌が、同じところを愛撫《あいぶ》してくる。歯で軽く噛《か》まれ、ざらりと舌で舐《な》め上げられ、あるいは突かれて、そこから生まれる感覚を無視できなくなる。

感じるという意味を身体が理解しかけていた。

永井はことを急がなかった。誰に対してもそうではなくて、今日は特別なのだと笑った。徐々に高められていく熱は、やがて内側から穂村を焦がしていくのだろう。

「ぁ……っ」

ようやく唇から小さな声が漏れ始めたときに、唐突にそれはやってきた。

呼び鈴の音に、穂村は思わず玄関へと目を向けた。ドアは見えるものの、その向こうの人物の姿が見えるわけではなかった。

「嫌な予感がするなぁ……」

苦笑しながら永井は小さく舌打ちをした。

いったんは鳴りやんだ呼び鈴だが、少しすると再び鳴り始めた。放っておいたら、隣近所から文句が出そうだった。

「仕方ないな。居留守使える状態じゃないし、諦めるとは思えないし」

やれやれと言いながら永井は立ち上がり、パジャマの下だけを身に着けた状態のままドアを開けに行った。その前にスコープで相手を確かめていたが、特に反応を見せることなくドアガードを外してロックを解除する。

瞬間、外側から勢いよくドアが開いた。

「遥佳……！」

ドアが開くのと、布施が怒鳴るのは同時だった。

穂村は全裸のまま、黙って彼を見つめ返す。いくつもの驚きと疑問が一度に頭の中を埋め尽くしていて、一つを選んで言葉にすることはできなかった。それを布施がどう受け止めたのかまで、考え及ぶこともなかったのだ。

見たことがないほど布施は険しい顔をしていた。

「急襲、だね」

「……連れて帰ってもいいっすか」

怒気を抑え込んだような低い声に、永井は肩を竦《すく》めた。

「だめだって言っても聞く気はないんだろ？　だったら最初から聞くなよ。それに俺の許可は必要ないよ。問題は、穂村の意志じゃないのか？」

笑いながら口にすることは、どれもが真っ当なことだった。そして永井には、穂村を引き留める気がまったくないらしい。

当然だ。もめごとは嫌だろうし、いまの布施には逆らったらなにをしでかすかわからないというような、剣呑《けんのん》な気配が漂っている。

厄介《やっかい》者はいなくなってくれたほうがいいに決まっていた。

布施の視線が、穂村に向けられる。

嘆息して、穂村は着てきた服を身に着けた。この状況ではそれ以外に取るべき道はないのだ。このままでは永井に迷惑がかかるし、そうまでして居座りたいという気持ちもない。ただ少し、布施とこれから同じ時間を共有するのが憂鬱《ゆううつ》なだけだ。

服を着ているあいだに、永井はロフトに上がって穂村のバッグを取ってきてくれた。そしてそれを渡すときに、ふと思いついたというふうに、布団の上から丸いケースを拾い上げて、バッグの隙間からなかへ押し込める。

「今度、誰かのところに泊まるときに使ってもらうといいよ。どうせなら、気持ちがいいほうがいいだろ？　常習性はないしね」

中身が何かを、あえて布施に聞かせているとしか思えなかった。邪魔をされた意趣返しなのかもしれないが。

挨拶《あいさつ》もそこそこに、穂村はアパートから連れ出された。

布施は無言で、ただ穂村の腕をつかんで歩いていく。まるで手を放したら穂村が逃げるとでも思っているように。

「放せ。痛いんだ」

強くつかまれた腕には、すでに指の痕がついているだろう。そのくらいにきつく食い込んできているのだ。

腕を放してもらえたのは、拾ったタクシーに押し込められたときだった。

乗っていた時間はそう長くはない。時間が時間だから道はすいていたし、もともとそう距離がなかったのだ。

マンションの前でタクシーから降りると、布施はまた穂村の腕をつかんで歩き出した。再び放してもらえたのは、部屋に入って布施が施錠《せじょう》をしたときだった。

ドアに施錠をすると、いままで一言も喋らなかった布施が言った。

「あいつと寝るつもりだったのか?」

「そうだけど」

わざわざ尋ねることでもないだろうにと、穂村は淡々と返した。

それが、ギリギリのところで抑え込まれていた布施の冷静さ、あるいは理性といってもいいものを失わせることになるとも知らないで――。

布施の目が、ひどく暗い色に染まったのを見た気がした。

叩きつけられるようにして壁に押さえつけられ、一瞬息が詰まる。唇を塞《ふさ》がれ、口のなかを無茶苦茶に犯された。

なにが起こっているのか、頭が理解を拒否していた。

起こるはずのないことだった。少なくとも穂村のなかではそうだった。

「放……っ……」

意識の外で、もがいていた。

相手が布施だからだ。永井を相手には起こり得ない拒絶が、穂村の身体を突き動かした。

こんなことをしてはいけない。させてはいけない。志織に対する裏切りともいえることを、誰よりも近しい自分たちがすることは許されないのだ。

（だめだ！　こんな……）

死にものぐるいで暴れ、舌に噛みついた次の瞬間、穂村は腹部に激しい衝撃を感じた。

だがそれがなにかを理解する前に、彼の意識は深く沈み込んでいってしまった。


薄く戻りかけた意識の中、穂村はたまらない熱さを感じていた。

熱いだけじゃない。疼《うず》くような、なんともいえない渇きが、身体の内側で暴れまわっている。外へ出たがって、なのに出口がなくて、狂おしくのたうっていた。

ひどい違和感がある。なにがどう……とすぐには判断できないほど、強い違和感だった。

そしてその違和感よりもずっと強い甘い疼きと苦しさが、ないまぜになって襲ってきて、どうしていいのかわからなかった。

じわりと奥底から這《は》い上がってくる、未知の感覚。その感覚の正体がわからなかった。わかっているのは、いまの穂村がそれに支配されてしまっているということだ。

こんな感覚は知らなかった。

「あっ、あ……ん」

甘いばかりの声が、直接耳に響いた。鼓膜だけでなく、身体そのものに響いてくる。その耳に、熱くて湿ったものが触れた。生き物のようにさえ感じるそれは、耳殻《じかく》を濡《ぬ》らし、耳のなかにまで入り込もうとしている。

「や……っ、ぁ……」

ぼんやりと目を開けても霞《かす》んでよく見えなかった。目尻《めじり》から熱いものが流れていく感触に、涙のせいだったのだとわかった。

覆い被さっていた相手がゆっくりと顔を上げるのが見える。

「な、に……」

布施が自分を見下ろしていた。息がかかるかというほど近くから、見たことがないほど獰《どう》猛《もう》な目をして——。

いや、初めて目にしたわけではない。部屋に戻った直後に、布施は暗い目をして穂村に襲いかかってきたのだ。

急にすべてを思い出した。あの後当て身を食らって、意識をなくしたのだということも。

はっと息を呑んで身体を動かそうとしたが、それは叶《かな》わなかった。両手は頭上高くで一つにまとめられ、ベルトでベッドの格子にくくりつけられている。そして開かされた脚のあいだには、なにも身に着けていない布施がいて、体重をかけて穂村を上から押さえつけているのだ。

なにをされていたか、そしてなにをしようとしているのかは、問うまでもなかった。

布施の手が脚のあいだへ伸ばされて、奥深いところを触れてきた。

「やめ……」

「もらった土産《みやげ》、使わせてもらったから」

「あうっ……」

無造作に沈められた指に、穂村は全身を硬直させる。

痛みはなかった。それどころか激しく疼くそこへの挿入は、たまらない刺激となって穂村に甘い声を上げさせる。

ぬるぬるとしたものの正体が、永井から渡されたクリームだと布施は言った。

指は滑らかに出入りを繰り返している。くちゅくちゅと淫猥《いんわい》な音を立てて指が動くたびに、ごまかしようのない快感が駆け抜けた。

腰が勝手に揺らめいていることも、自覚できなかった。

「気持ちいいだろ？　遥佳、さっきからすげぇよがってたもんな」

「っあ、ぅ……」

意識が戻るか戻らないかの狭間《はざま》で、どうやら煽《あお》られるまま感じてしまっていたらしい。持てあます熱の正体も、苦しいほどの疼きも、すべてはそのせいだった。

「どうして……」

掠れた声での問いかけに、布施が答えることはなかった。まるで聞こえていないかのように、彼は穂村のなかで指を動かした。

「やっぱ遥佳、すげぇ綺麗だ……」

薄く笑みを浮かべた唇が、そのまま胸に落ちる。

尖《とが》っていた乳首を軽く噛まれて、穂村はびくりと身を竦ませた。

感じているのだ。痛かったわけじゃなく、この身体は快感を得ていた。

「い……っ、やだ……」

自分がどうなっているのか、わからなかった。確かなのは、布施によって全裸にされて縛られて、身体を弄《いじ》られているということだけだ。そして得体の知れないものを塗りこまれ、意識のないあいだに身体をおかしな状態にされてしまった。

「ふざけ……なっ……」

理不尽さと、信頼を裏切られたことへの怒り、そして別人のような布施に対する恐れに、全身が小刻みに震える。

これが見知らぬ男だったなら、穂村はもっと冷静だっただろう。これほどの衝撃と怒りを味わうこともなかったはずだった。

「永井には抱かれようとしたのに、俺だと抵抗かよ」

投げつけられた言葉はひどく低い響きだったが、責められる筋合いはないと、穂村は思う。誰と寝ようが、それは穂村の勝手だ。布施にどうこう言われる筋合いはなかったし、ましてこんなことをされるいわれもない。

濡れた目で、布施を睨みつけた。

唇を噛んだのは、そうでもしないとあられもない声を上げてしまいそうだったからだ。こんなふうに扱われて、喜んでみせる趣味はない。

視線を受け止めながら、布施は口の端を上げた。

苦笑とも自嘲とも思える、暗い笑みだった。

彼の感情に呼応するように、なかで蠢《うごめ》く指も容赦というものをなくしていた。内側から身体が焦がされているようで、苦しくて仕方がない。

「あの男が好きなわけじゃないだろ？　遥佳、なに考えてるんだよ……？」

「な……なに、考えてるのか……わからないのは、おまえだ……っ」

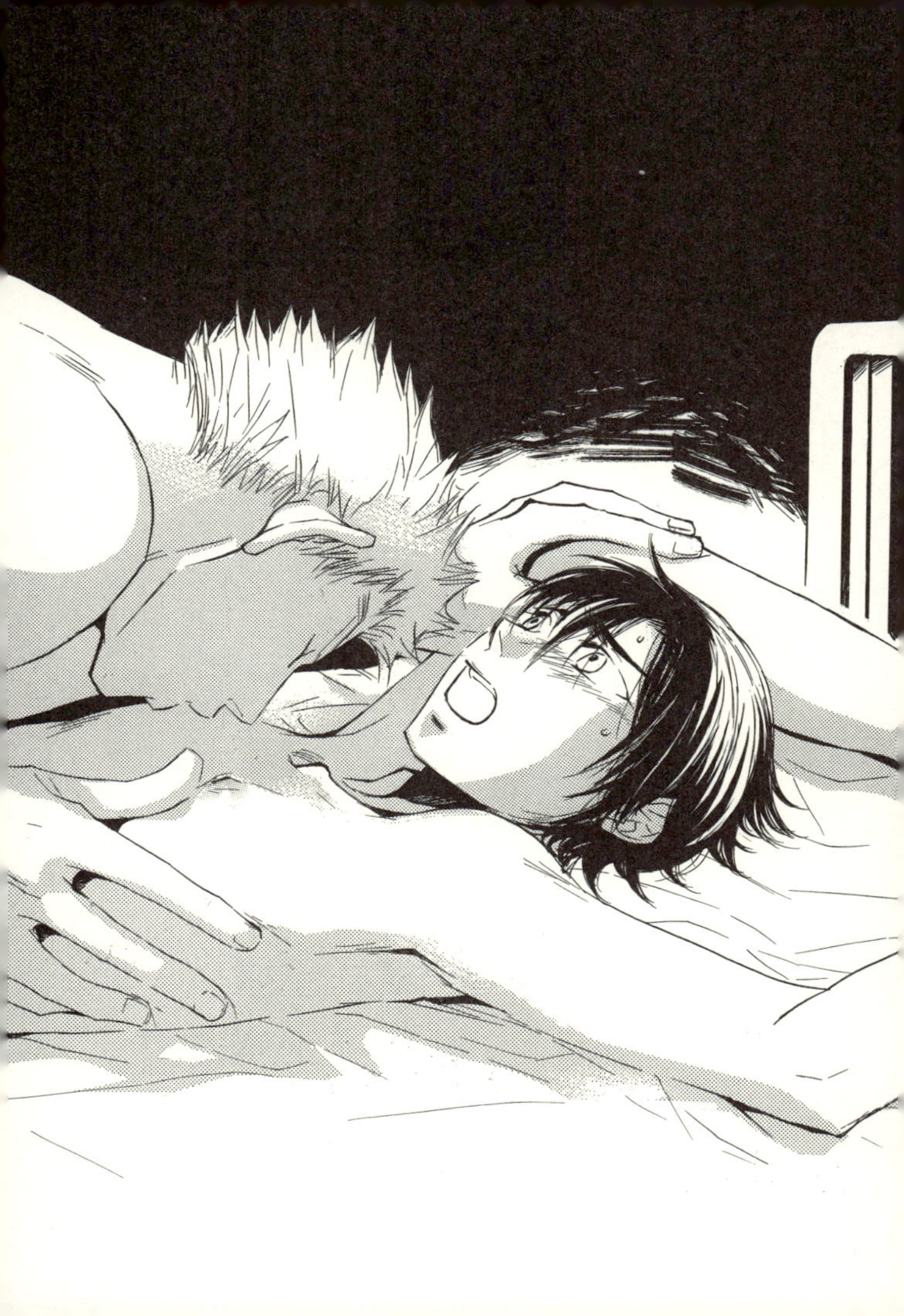

「わかんねーの？　こんなことまで、してんのに？」

「ひっ……あぁぁ……！」

ふいに、味わったこともない衝撃に襲われて、穂村は大きく目を瞠った。身体は電流を当てられたように、びくんと大きく跳《は》ね上がった。

とっさに声が抑えられなかった。

穂村はかぶりを振って、必死に身を捩《よじ》ろうとする。だが腕を縛られ、上からのしかかられている状態では、布施から逃れることはできなかった。

「い、やだっ……や……」

内側から自分がぐずぐずと崩れ落ちていってしまいそうで、まぎれもない恐怖と、それ以上の壮絶な快感に穂村はきつく目を閉じた。

「決まってるだろ。遥佳が好きなんだ……」

「っ……ぁあ！」

穂村は目を瞠り、その瞬間に達していた。

荒い息をつく身体から、指がずるりと引き抜かれていく。それにすら感じる自分を穂村は嫌悪した。

熱はまだ引かない。解放してもなお次から次へと溜まっていき、激しい疼きとなってこの身を苛《さいな》んでいた。

脚を抱え上げられて、疼きの収まらない場所に、熱い塊が押しつけられる。

「やめ……っ」

制止の言葉は途中で悲鳴に取って代わられた。

身体を開かされる、初めての感覚。それは耐えられないほどの痛みではなかったが、壮絶な異物感と圧迫感で、穂村に声を上げさせた。

「意識が戻るまでは……って……待ってたんだ……」

「いや……だっ……」

拒みたくても、身体が言うことをきかない。どうしても力が入らず、ただかぶりを振ることしかできなかった。

自分のなかにずぶずぶと入り込んでくるものを、溶け始めていたそこはむしろ歓迎しているようだった。クリームに含まれていたものはとっくに粘膜から吸収されて、気がおかしくなりそうなほどに穂村を苛んでいたのだ。

布施のもので内側から責められることを、身体は期待していた。

最後まで収めると、布施は間を置かずに動き始めた。

「あ、あ……っ、あぁ……！」

内臓ごと引き出されていくような感覚に総毛立ち、穂村はたまらずに声を上げた。

それから深々と穿《うが》たれる。

繰り返されるその律動によって、穂村は快感の渦へと強制的に叩き込まれた。理性というものを剝《は》ぎ取られ、自分が自分でなくなるという経験を、初めてさせられた。

昼からこぼれていくのは、意味のない嬌声《きょうせい》ばかりだ。自分が何者で、相手が誰で、ここがどこで、どうしてこんなことをしているのか。そういったことがなにも考えられなくなっていく。

本能のままに腰を振り、よがり声を上げて、それがますます相手を煽り、のめり込ませていく結果になるのを知ることもなく、穂村は乱れ続けた。

快楽を貪《むさぼ》るだけの、淫《みだ》らな生きものだった。

突き上げる激しさがひときわ高まり、喘ぐ声ごと追いつめられていく。

「あ…っ、あ……あぁ――！」

その瞬間に、すべてが白く弾けたような気がした。

終わりのときはほとんど同時で、穂村は絶頂の余韻にびくびくと身体を震わせながら、断続的に吐き出される精を受け止めた。

すべての感覚がひどく遠かった。

霞んでいきそうな意識のなかで、ぼんやりと終わったのかと思った。

それが間違っていたことを、穂村はそれから一晩かけて、嫌というほど思い知ることになった。

気がついたときには、窓の外は明るくなっていた。

失神し、意識を取り戻すたびにまた犯されて、それを幾度となく繰り返されているうちにどうやら夜が明けたらしい。

窓の外が薄暗いのは雨が降っているせいだ。雨の音が心地よく耳に染みてくる。

布施は飽きもせずに、身体中にくちづけていた。

ありとあらゆるところを舐められ、吸われ、指で弄られた。昨晩からずっと続けられてきた行為を、まだ布施はやっているのだ。

違うのは、いつの間にかベッドに縛りつけられていた腕が外されていたということだ。ただし一つに縛られている両手はそのままだった。

外されたところで、いまさら穂村には抵抗する力も逃げる力もないというのに。

指先一つ動かすこともできはしなかった。精も根も尽き果てて、穂村はもうなにをされても逆らうことができない。

ゆっくりとまた布施が入ってくる。何度目なのかいちいち数えてもいないが、片方の指で足りないことは確かだろう。

「っ……は……ぁ……」

深く交わったまま、押しつけるようにしてなかをかきまわされる。さすがに激しさはなりを潜め、代わりに長く穂村は快感に泣かされた。

声を出すというより、もう息に近かった。

昨晩、内側に塗り込まれたクリームの効果など、とっくにないだろう。それでもこの身体は男に抱かれて甘く溶けていく。

ひどく投げやりな気分だった。

昨晩から何度も好きだの愛しているだの言われた。どうして布施が、自分にそんなことを言わなきゃいけないのか、いまだにどうしても理解ができない。まだ性欲の処理だと言われたほうが受け入れられただろう。

志織の代わりだと言ってくれたほうが、ずっとよかった。あの言葉は、志織にこそ向けられるべきだったのに――。

穂村は目を開けて、布施を見据える。

「遥佳……」

「……信じない……」

喉《のど》が痛くて声を出すのもつらかったが、絞り出すようにようやくそれだけ言った。

こんなことは、認められない。許せることではなかった。

同意もなしに、暴力と薬——といえるほどのものかどうかは不明だが——によって、身体を支配されたのだ。

好きだとか、他人に渡したくないとか、そんなものは布施の勝手な言い分だ。好きだったらなにをしてもいいと思っているのだろうか。それが免罪符になるとでも信じているのだろうか。

認められるはずがない。

相手の気持ちを、そして意志を無視した行為に、愛だの恋だのと理由をつけられたところで信用できるものか。

熱くなる身体とは裏腹に、気持ちはひどく冷めていた。

「いいよ、別に……。おまえが信じなくても、俺がおまえを好きだってことは変わらない」

投げやりなのは、布施も一緒だった。

穂村は口を開こうとして、結局は噤《つぐ》んでしまう。どんな言葉をぶつけてもいまさらのような気もしていたし、なにか言ってやらなければ収まらないような気もしていた。だが言いたい言葉が一斉に出口を目指し、そこで詰まって出てきてくれなかった。

「たぶん……ずっと、おまえのことが好きだったんだ」

独白を聞いてやる義理はない。だが耳を塞ごうにも、腕を動かすことすらもおっくうで仕方がなかった。

目を閉じ、横を向いた穂村にかまうことなく布施は続ける。

「気づいたのは、こっちに来て少したってからだったけどな……おまえが欲しくて、抱きたくて……仕方なかった……」

「は……っ……」

緩やかに突き上げられて、穂村は喉を反らした。

膝が胸につくほど深く身体を折られ、腰を押しつけるようにしてまわされる。

「ぁ、あっ……ん……」

ぞくぞくとした甘い快感が指先まで駆け抜けた。

もう苦しさしか感じまいと思っていたのに、この身体はどこまで貪欲で浅ましいのだろう。

認めないと言っておきながら、こうもよがっていては説得力もなにもない。

それでも、意志ではもうどうにもならなかった。

荒い息づかいが重なり、掠れた穂村の喘ぎと、ベッドの軋《きし》む音、それから二人の身体が立てる音だけが響き渡った。

どのくらい時間がたったのか、遠くでまったく違う音がしたような気がして、穂村は目を開けた。

「い、ま……」

なにか聞こえた。音がしたほうへ——ドアのほうへと視線を向ける。そのとき、聞こえるはずのないノックの音が、確かに聞こえてきた。

ぎくり、と身体が強《こわ》ばった。

「圭梧？」

ドアが開くと同時に、いてはいけない人の声がした。誰よりもいまは聞きたくない、そして聞いてはいけない人の声だった。

志織はドアノブに手をかけたまま、その場で凍りついていた。

驚愕に見開いた瞳が、目にした光景を信じたくないと物語っている。

声が出てこない。それは穂村も同じだった。だがすんなりと出たところで、一体なにを言えばいいというのだろう。

言い訳のできる場面ではないのだ。身に着けるものもなく、ベッドで絡み合う自分たちが、なにをしていたかは一目瞭然《りょうぜん》だ。身体が繋《つな》がっていることも、はっきりとわかるだろう。

あらかじめ聞かされていた訪問ではなかった。彼女が急に思い立って会いに来たことは、前にも一度あった。今日もそれなのだろう。

止まってしまったかのような時間を動かしたのは布施だった。

「……ごめん」

彼は、ただそれだけを告げた。

誰になにを謝っているのか、目を閉じたままではわからない。

志織の顔が哀しげに歪んだ。ゆっくりと手がノブから離れ、数歩後ずさった後、彼女は穂村の視界から消えた。

「志……」

とっさに呼びかけようとした唇は、布施のそれによって塞がれていた。

追いかけなくてはと思うのに、力を失った身体は、布施に組み敷かれて思うようにならない。たとえ解放されたとしても、歩けるかどうかの自信もなかった。

それでも穂村は必死にもがいた。彼女をあのまま行かせてはいけない。追わなければ、取り返しがつかないことになるような気がした。

「放、せ……志織、が……っ……」

貪られる合間に訴えても、布施はそれを黙殺した。

そうすることで、志織よりも穂村を選んだということを証明しようとでもいうように。

狂ったように、布施は穂村を抱いた。

一本の電話が外とこの部屋を繋ぐまで、布施が穂村を放すことはなかった。

志織が入院した――。

母親がうろたえた声で電話をよこしたとき、穂村はとても起き上がれるような状態ではなかった。声が出なくて、だから風邪だと向こうは思ってくれて、最後まで話を聞いたのは布施だった。

それから布施はすぐに病院へと飛んでいった。

行きたくても、穂村は行けなかった。歩けないばかりではなく、無理をさせられたせいか多少の熱もあったのだ。

遅くなって帰ってきた布施によれば、志織は友達の家へ行くと言って出たのだそうだ。だが夜になっても帰ってこないのを心配し、携帯電話にかけてみたが繋がらなかった。どうしたものかと心配していた矢先に、ずぶ濡れで帰ってきたという。すでにひどい熱があり、体力の消耗も激しかったので、すぐにかかりつけの病院へ連れていき、そのまま入院することになったのだ。

気に入っていた傘を、彼女は持っていなかった。

当然だ。傘はマンションの玄関に置いたままだったのだから。

友達の家へと言ったのは、おそらく雨のなかで遠出をすると言ったら、反対されると思ったからだろう。

生まれつき身体の弱い子だった。無茶をしないで大事にしていれば大丈夫だと言われていたが、つまりそれは、無茶をしてしまったら、大丈夫ではなくなるということだった。

入院したとき、志織はすでに肺炎を起こしていた。下がらない熱と、どんどん消耗していく身体。穂村が病院に行ったときには、すでに意識は朦朧《もうろう》としていた。目を開けて穂村の顔を見たのに、なにも反応しなかった。

そこにいるのが穂村なのだと、兄なのだとわからなくなっていたのか、あるいは彼女が穂村を拒絶したのか、いまとなってはもう確かめようもない。

彼女は結局、そのまま戻ってこなかった。

冷たくなった志織を病院から自宅へと連れて帰るときも、喪服を着て参列者に頭を下げているときも、あのときの彼女の顔が脳裏に焼きついて離れなかった。

穂村はずっと布施の顔をまっすぐに見ようとはせず、またろくに口もきかなかった。だが状況が状況なだけに、周囲の人間たちは不自然なことだと思わず、それほどまでに妹の死に打ちのめされているのだろうと勝手に判断したようだった。穂村はその容姿と、病弱な妹のイメージによって必要以上に繊細だと信じられているのだ。そして志織の死がこたえているという意味では、けっして間違ってはいなかった。

彼女が死んだのは、穂村と布施のせいなのだから。

「圭梧くん。悪いんだが、遥佳についていてくれないか?」

少し離れたところで父親がそんなことを言っていた。様子のおかしい息子を心配し、最も信頼する者に託そうというのだ。

よりによって、布施に。

なにも知らないということは恐ろしい。いまのこの状況を作り出したのが、その布施自身だとも知らないで。

ふいに笑い出したい衝動に駆られた。本当のことを言ってしまいたいと、凶暴な誘惑が穂村を揺り動かした。

だが結局は、なにも言えなかった。これ以上両親を悲しませ、苦しませることなどできるはずもないし、そうしたところで志織は帰ってこない。

穂村は黙って、布施が自分の部屋に布団を運び込むのを見ていた。

胸のなかには、どうしても拭い去れない疑念があった。まさかと思いながら払拭できない、ひどく嫌な考えだった。

「……なにか言えよ」

先に口を開いたのは布施だった。

「なにかって……なに？」

ただのものを見るような目で、穂村は言った。そこらに置いている椅子《いす》や机を見るのとなんら変わらない温度で。

ずっと彼の近くにいた布施がそれに気づかないはずがなかった。

だが、止まらなかった。

「おまえが志織を殺したんだ、とか？」

ひどい言葉を突きつけても、布施はそれを甘んじて受けた。詰《なじ》られることも、責められることも、すべて覚悟していたのだろう。

悲しんでいるのは穂村だけじゃない。布施だって同じはずだ。生まれたときからずっと一緒で、二人で彼女を大事にしてきたのだ。たとえ恋愛感情が別のところにあろうと、それで彼女への気持ちが薄れるわけではないだろう。

布施だって、大切な妹を亡くしたのだ。

「そうだな……俺のせいだ」

「どうして、おまえ……」

「理由は何度も言っただろ。志織のことは大切に思ってた。けど、好きなのはおまえだ」

「だったらあのとき、なんですぐに追いかけなかった……！　おまえ……本当に志織が来ることを知らなかったのか？」

頭を離れてくれない、疑いの種。穂村には内緒でも、布施に予告していたことはあり得るのではないか。だからあのとき布施は追いかけなかったのではないか。

だが布施の反応を見たとき、口にしたことを後悔した。

ひどく傷ついた目をして、布施は自分を見ていた。愕然とし、しばらく言葉も出ない様子で、彼はその内側で衝撃を受け止めたのだろう。

やがて笑みを浮かべて、布施は呟いた。

「信用なんて、なくすのは一瞬だよな」

「あ……」

「いいよ。俺がしたこと考えたら、当然だしな。遥佳は被害者なんだから、俺を憎いって思っても、殺したいって思ってもいいんだ」

「……」

穂村はわずかに顔をしかめた。果たして、自分は布施が憎いのだろうか。自らに問いかけても、答えはわからなかった。だが少なくとも殺したいなんて感情はまったくない。あるのはたぶん、悲しみと後悔と、怒りだ。

「償うよ。どうすればいい？」

「……わからない」

「死ねって言うなら、そうする」

その言い方があまりにも穏やかで、かえって穂村は背筋が寒くなった。ここで頷いたら、躊躇もせずに本当に死んでしまいそうな気がした。

けれども、穂村は布施に答えを与えてやれなかった。布施の目にどう見えようと、穂村は最初の混乱――つまり無理矢理犯されたことの動揺からもまだ立ち直ってはいないのだ。まして志織の死による、大きな心の乱れもある。

自分のことで精一杯だった。だから、よくない言い方をしてしまった。

「そんなこと……許さない。死んで、それで終わりにするつもりなのか？」

「遥佳……」

「自分だけ楽になろうなんて認めない……！」

たった一人、残されることになるのは嫌だった。なにより布施に死んでほしくなかった。おまえのせいだと言いながら、そばにいてもらいたいと願ってしまう自分は、きっとどこかおかしいのだろう。

穂村は布施を睨みつけた。

「これ以上、俺を失望させたくないなら、自分で死んだりするな」

失いたくない。たとえ布施が苦しむことになっても、彼を志織の元へはやらない。けれども、彼の気持ちを受け入れるつもりもなかった。

「それから……二度と俺に触るな。なかったことにはできないけど、志織のためにもあんなことは二度と許さない」

「それが償い？」

布施は静かに笑った。すべてを諦めたような、晴れやかな顔をして。

そのときから、穂村たちの関係は流れる先を失い、淀んで腐り始めたのだ。

結局、両親の手前もあって、大学を卒業するまで同居していたマンションはそのままだった。ただし、穂村が居着くことはほとんどなくなってしまった。

志織のことには互いに触れず、まるであの日のことは忘れたかのように振る舞った。

もちろん表面的なことにすぎなかったが。

忘れられるはずもない。時間がたって精神的に落ち着いてくるにつれて、穂村はそのことを思い知らされた。

そして自分自身への疑問が、いや疑心が芽生えた。

(本当にあのとき、嫌だと思ってたのか……?)

日ごとに自信がなくなっていった。

肉体的なことではなく精神的な部分で、本当は拒絶などしていなかったのではないだろうか。いや、肉体だって拒んではいなかったはずだ。嫌だと言ってもがく一方で、快感に喜び、何度も達して、我をなくすほど乱れて喘いでいたのは誰だ。

大学に入ってからの二人暮らしを、心地よいと感じていたのは確かだった。それはもしかしたら、布施を独り占めできることへの優越感と喜びではなかったのか。

好きだと言われて、イッたときのことがまざまざと思い出される。

本当は、ずっとそう言ってほしかったのではなかったのか。志織ではなく、自分をと、心の奥底では浅ましくも切望していたのではなかったのか。無理矢理に犯されたと布施を責めることで、自分の責任から目を背けたのではないのか。

一度穂村を捉えたその考えは、二度と頭を離れなくなった。

(違う……そうじゃない……)

そんなことを認めるわけにはいかなかった。

あれは一方的な暴力だ。穂村が望んだことじゃなかった。

なのに布施の熱を、身体を、あの凄《すさ》まじい快感を忘れることができない。彼の指や舌がどうやってこの身体に触れ、暴いてきたかを生々しく覚えている。

穂村はかぶりを振った。

自分を欲していた布施の瞳を、求めてしまいそうだった。もう一度、あの言葉をあの声で告げてほしいと思ってしまった。

(だめだ。そんなこと……)

志織をあんなふうに死なせておいて、自分たちの身勝手な望みを叶えることはできなかった。許されないと思った。

だから、布施以外の相手を求めてしまった。

誘われるまま、永井と寝た。

抱かれた記憶を払拭するには別の記憶で塗りつぶしてしまえばいいと思った。あのときはそれが正しいと思っていたし、いまもほかの方法は見つけられないでいる。

永井とはその後も関係を持ち続けた。彼が卒業していくまで、誰よりも肌を合わせた。もちろん恋でも愛でもなかった。互いにそれなりの好意は抱いていたが、それ以上のものに育つことはなかったし、束縛も干渉もしなかった。

結局、気持ちはなにも変わらず、刻み込まれた記憶が、薄くなることもなかった——。

苦い後悔は、あれから七年以上たったいまでも、強く心に残っている。身体と心に刻まれた記憶も、薄れることはない。それでいて穂村と布施には、あのとき以来一度も肉体関係を持ったことはなかった。

布施が、発足して間もなかったＪＳＩＡに入ると言い出したときに、危機感は一気に膨れ上がった。端から見たら、それは冒険であり、挑戦であり、いずれにしても成功すれば賞賛を得られるものだった。

だが穂村の目には、別の意味が見えていた。

約束だから、自ら死を選んだりはしないだろう。だが死んでも仕方がない状況になって、結果として命を落とすことは穂村との約束にはなかったからだ。

だから穂村もＪＳＩＡに入ったのだ。一番近くで、布施を見張るために。彼を死に走らせないように。

「つまらない話、聞かせたな」

「そんな……」

哀しげな顔をしている双葉を見て、自然と笑みがこぼれた。

どうして話してしまったのか、自分でもよくわからなかった。もちろんすべてを事細かに語ったわけではないが、おおよその事実を話してしまった。

相手はまだ十八の子供なのに。

そう思って、またおかしくなる。

あのときの自分たちと同じ年ではないか。双葉が「まだ十八の子供」だというならば、自分たちだってそうだったはずだ。

たぶんその通りだったのだ。当時は、自分たちを大人だと錯覚していただけで。

「ごめんなさい……」

ふいに双葉が呟いた。しょげてしまって、いつもの元気は見る影もない。ただでさえ小柄なのに、さらに小さく見えるほどだった。

「どうして謝る？」

「言いたくなかったこと、言わせちゃったから」

「そうでもない。きっと誰かに言いたかったんじゃないかな」

他人ごとのように、そう思った。あるいは双葉だから言いたくなっただけかもしれないが、わざわざ口にはしなかった。

限界が来ているのか、傷が癒えてきているのかは、わからないけれど。

「一つだけ、正直に言ってもいい？」

「いいよ」

「布施さんのしたこと自体は、あれだけど……でも、妹さんが亡くなったことは、布施さんのせいじゃないと思う」

「……ああ」

「もちろん穂村さんのせいでもないよ？　あ、一つじゃなくなっちゃったな」

バツが悪そうに双葉はまた黙り込んだ。

当時はわからなかったことも、いまならばわかる。だからといって、志織のことが記憶からなくなるわけではなかったし、罪悪感が払拭できるわけでもなかった。

穂村は差し込んだままだったキーをまわし、エンジンをかけた。

「送っていくよ」

遠慮して断ろうとするのを押し切ったのは、双葉との時間が、懐かしいものを思い起こさせるせいかもしれなかった。

ドアを閉め、車から離れようとした双葉は、ふと思い留まってガラスを軽く叩いた。無視されることはなく、パワーウィンドウが、半分だけ下がった。

それから少し屈《かが》み、運転席の穂村を見つめて、ここまで送ってもらうあいだにずっと考えていたことを口にした。

「あのね、あと一つだけ言いたいんだけど。僕から見て、布施さんはいまでも穂村さんのこと好きなように見える」

今度は言ってもいいかと確認は取らないで一気にまくし立てた。どう反応するだろう、と思いながら見ていたが、穂村の表情は変わらない。まるで興味のない遠い外国のニュースでも聞いているようだった。

じっと見つめていた目が、まばたきを一つする。

「どうかな……」

前を向いた穂村の唇が動くのと同時に、ウィンドウが上がり始めた。

話はこれで終わりだ。車はすぐに走り去って、双葉の視界から消えてしまった。

双葉はぼんやりとそれを見送っていたし、部屋に戻ってからも、しばらくソファにただ座っていた。

なにもする気になれなかった。本当は時間をかけて食事の支度でも、と計画していたのだが、頭のなかは穂村たちのことでいっぱいで、とてもそんな気分になれない。

「はぁ……」

溜め息をつくばかりの自分がもどかしかった。けれども、双葉になにができるというものでもない。わかっているのは、やはりあの二人はお互いを想っているということだ。恋人同士だという考えは間違っていたが、気持ちのほうは間違っていない自信がある。

「……よし」

ある決意を固めて、双葉は朝比奈の帰りをいまかいまかと待った。こんなにもあの男の帰りが待ち遠しいと思ったことは、かつてなかった気がする。

いつもの時間になって朝比奈が現れると、双葉は飛びつくようにして彼の元に寄っていった。

「朝比奈っ」

「ずいぶんと歓迎してくれるね。うん？」

いきなり顎を取られて、思わずその手を叩き落としてしまった。とても冗談に付き合っている気分ではなかった。

「そんなことといいから、聞いて」

双葉は朝比奈の手をぐいぐいと引っ張って、リビングのソファまで連れてくると、隣り合って座りながら身体だけ彼のほうへ向けた。

「穂村さんと布施さんのことなんだけど」

「またそれか？」

「いいから聞けってば。あんたはどこまで知ってんの？」

「その言い方だと、君は知っているわけだ。どっちから聞いた？　穂村か？」

どうしてこうも言い当てられてしまうのか。やはり本当は、双葉の持ちものにこっそりと盗聴器でも仕込んでいるんじゃないかという気分になってくる。

溜め息まじりに双葉は答えた。

「そうだけど……」

「なるほど」

「それで、なに知ってるわけ？」

「私が知るはずないだろう」

「だって、前に言ったじゃん。確か……爆発物と安全装置とかって」

「覚えていたのか」

意外そうなその言い方が、まるでこちらをバカにしているように聞こえて、双葉はムッと口を尖らせる。

宥《なだ》めるように頭を撫でながら、朝比奈は続けた。

「そういうイメージだというだけだ」

「どっちが、どっち？」

「穂村が安全装置だ。違うのか？」

「……当たり。やっぱ、知ってんじゃないの？」

「彼らが私に話すはずもないだろう？　他人のプライバシーを詮索する趣味はないしね」

「とか言って、人の部屋にどかどか入ってくるじゃん！」

どの口で言うんだと目を剝《む》けば、口の減らない男はしれっと返してきた。

「他人じゃないと思っているんだが？」

腰まで抱かれて顔を近づけられたら、目的は明白だ。あっという間に押し倒されながらも、双葉は必死で暴れた。なし崩しに話を中断させられたくはなかった。

「やだっ……！　ちゃんと話が終わってからじゃないと、させてやんない！」

本当は双葉がいくらだめだと言ったところで、朝比奈がその気になりさえすればいくらだって好きにできるのだ。だがこちらの意志をまったく無視してしまう男でないこともわかっていた。ときと場合によっては、多少はするが。

朝比奈は鼻を鳴らし、身体に触れる代わりに双葉の髪をかき上げた。

「つまり、終わればなにをしてもいいということか？」

「そこまで言ってない！」

「わかったわかった。それで？」

相変わらず上から押さえ込みつつも、とりあえずそれ以上のことをしようとはしない朝比奈に、双葉は自分の考えだけを伝えることにした。穂村から聞いた話を言うつもりはない。たとえ恋人だろうと、人のことを勝手に喋ることはできなかった。

「あのままじゃ、ヤバイと思う」

「そうだとしても、他人のことだ。余計なお節介だな」

「けど、すごいつらそうなんだよ。それに、やっぱりあの二人、好き合ってるよ」

「だから?」

朝比奈は薄く笑いながら、口を近づけてきた。余裕のその笑みは、とても身を入れて聞いているとは思えないものだった。

双葉は目をすがめた。

もともとこの男とは、こういったことへのスタンスがあまりにも違いすぎるのだ。いまに始まったことではなく、わかっていたはずだが、こうも突き放されてしまうと、自分のことではなくても哀しくなってくる。

ふてくされて横を向くと、上にした頬《ほお》に唇が落ちた。

「あの二人を動かすのは、相当に難しいと思うが? 説得では無理だな、片方が死にそうになればともかく」

「ばっ……死んでどーすんだよ! だめじゃん、それじゃ!」

「死にそう……と言っただろう? まぁ、つまりそのくらいでないと、あの二人はそうそう動き出さないということだよ。かなり意固地だからな」

もののたとえだ、と朝比奈は笑った。

「だから、そこをなんとかできないかなって」

「ま、動かすとしたら穂村だね」

「どうして?」

「君に話したということは、少しでも現状を変えようという気があるということだ。無意識に、助けを求めたのかもしれない」

「あ……」

なるほどそういう見方もあるのかと、双葉は妙に納得していた。自分にはない視点で、これは心底感心した。

「さすが、伊達《だて》に年食ってないよね」

「どのみちいまの仕事が片づいてからだ」

「それ、いつ終わるの？」

「調査対象に聞いてくれ。まぁ、一週間やそこらで終わらないのは確かだな。目処《めど》がついたら、ゆっくり相談しようか」

「あ、うん」

「だいたいの計画は、出来てるがね」

「マジで？　どんなの？」

「それは後のお楽しみだ」

どうやらこれ以上は聞いても無駄らしいが、協力してくれる気にはなったようだ。納得しない限りはたとえ双葉の頼みだろうと呑まない男だけに、ひとまずほっとした。

だが安心したのは、甘かったのだ。

「さて、商談も成立したことだし、しようか？　もちろん協力を惜しまない親切な私に、サービスしてもらわないとね」

「ひ……」

「黙っていれば、さっきからずいぶんだったしね。ん？」

再び顎を取られて、双葉はしまったと思う。どうやら初っぱなに手を叩き落としたことも気に入らなかったらしい。

そういえば、年がどうこうとも言ってしまった。

「で、でも、明日は……」

「一コマ目は休講なんだろう？」

「なんで知ってんの！」

帰りがけに掲示板に貼ってあったことで、双葉だって初めて知ったことなのに。

本気で薄ら寒くなっていると、朝比奈はおかしそうに喉の奥で笑った。

「本当にそうなのか。自主休講させてやろうかと思っただけなんだが……」

「そ、そうなの……？」

「当然だろう？　私をなんだと思っているんだ？」

朝比奈だったらなんでもありのような気がしてくる。と思ったものの、口には出さなかった。下手なことを言うと、またそこから相手に切り口を与えてしまうからだ。一応、学習能力はあるつもりだった。

どこまで本当なのかわからない、得体の知れない男を恋人にしてしまったけれど、双葉はそれでもいいと思っていたし、満たされてもいた。

あの二人も、そうであればいいのにと、思わずにいられなかった。


朝比奈が中心になって動いていた依頼に、布施と穂村がヘルプで呼ばれたのは、最後の大詰めで人数が必要だったせいだ。

公安の職員と犯罪組織の癒着《ゆちゃく》ということで、現場を押さえるのに、多少は荒れるという予想もあったのだろう。

実際、その通りだった。

硝煙弾雨《しょうえんだんう》とはこのことかと思うような、激しい抵抗のなか、穂村はいつものようにぴったりと布施に張りついていた。

ここから飛び出してしまえば、命を落とすのなんて簡単なことだ。だからいつも、穂村は一つのことに集中できない。撃ってくる相手と、布施。どちらからも目を離すことはできないからだ。

情報によれば、建物内にいるのは二十人ほどらしい。そしてＪＳＩＡサイドは六人。技量的に考えると特に足りないとは思わない人数だった。

一人二人と、相手の数が減っていく。部屋に踏み込み、抵抗を奪って拘束していく手順は、過去に何度も経験したものだ。同じことを、別の階や部屋でもやっていた。

「穂村、こっちの……」

言いかけた布施の顔が、瞬時にして強ばった。

はっと息を呑んで穂村が背にしたドアのほうを振り返るのと、布施が穂村の前へと躍り出るのは、おそらくほとんど同時だっただろう。

ドアの陰から覗く銃が動いたのも、たぶん同時だった。

穂村の視界を覆うように飛び込んできた布施と、銃の上げる音と、伝わってくる嫌な衝撃。立て続けに何発もの銃声が聞こえたが、それよりも自分にのしかかってくる身体の重みに、穂村の意識はすべて取られてしまっていた。

力を失った布施の身体を受け止めきれずに、その場にずるずると座り込む。

「圭梧……！」

背中を撃たれている。心臓に近い、左側だ。心臓はもちろんまだ動いているが、布施の意識はなく、このままでは穂村が最も恐れていた事態になってしまうだろう。

防弾用のベストを着けていない彼の背中は、ぬらぬらとした血液で赤く染まっていた。

こういった事態のときには着用が義務づけられているはずなのに、布施は服務違反をしていたのだ。確認をしたはずなのに。確かに穂村は、彼がベストを服の下に着けるのを見ていたはずなのに。

「穂村。布施を運ぶ。手を放しなさい」

頭上から降ってきた声に、ようやく穂村の意識は現実に立ち戻った。遠くから聞こえてきていた銃声も、近くで響くようになった。

朝比奈だった。彼は目の前に片膝をつき、布施の背中をかき抱いていた腕を、ジャケットを握りしめていた指を、なかば強引に解いていく。

「私が外へ運び出す。私が戻るまで、原《はら》と組め」

「それなら俺がっ……」

「君には無理だ。冷静になりなさい。いいか、もう一度だけ言う。原と行動しろ。心配するのは片がついてからだ」

この場の責任者は朝比奈だ。そして彼の言う通り、大柄な布施を外へ連れ出すのは、穂村には負担が大きすぎる。できないことではないが、時間がかかって、それだけ布施の生命を危険にさらすことになってしまう。

穂村は銃を握り直して、はっきりと頷いた。

布施の身体が引き剝がされ、朝比奈に担がれるようにして穂村の視界から消えていく。

「大丈夫か？」

朝比奈と同年代の原が声をかけてくる。青ざめて我をなくしているさまを目の当たりにしたせいか、常にないほど気遣わしげだ。

差し出された手を無視することはしなかった。引き起こしてもらう形で、穂村は立ち上がった。足の震えを収めようと、深呼吸を繰り返す。

いま頃になって、ようやく布施が庇《かば》ってくれたのだという事実に気がついた。

「さっき撃ってきたやつは、もう大丈夫だから、先に行こう」

どうやら立て続けに鳴った銃声はそのときのものらしい。自分たちだけだったら、穂村も危なかったのだ。

とんでもない失態だ。ＪＳＩＡのエージェントとして、あまりにも情けない。

集中しなくてはいけない。ここを押さえてしまうまでは、冷静に仕事に徹しなければならない。

嘆くのも後悔するのも、その後だ。

自分に言い聞かせながら、穂村は原と共に残りの容疑者たちを拘束するために動き出した。

呼びつけた警察に後のことを任せ、穂村は朝比奈の運転する車で病院へ向かった。責任者が現場を早々に離れていいのかと思ったが、報告は原がするからと言い出し、なかば強引に車へと押し込まれたのだ。

「おそらく双葉が来ているはずだ」

「……どうして？」

「なにかあったときのために、一応行かせた」

淡々とした言い方に、穂村は膝の上で手を握りしめた。救急車で搬送されていく布施を見た人間が、そう判断したのだと思うと、たまらない気持ちになった。

ＪＳＩＡが持っている病院に飛び込んでいくと、ロビーの片隅には双葉がちょこんと座っていた。

顔色が優れなくて、いまにも泣き出しそうな顔をしていた。幼い顔が、朝比奈を見つけてふにゃりと歪む。

心臓が、どくんと跳ね上がった。

「どうなった？」

「わかんない……まだ、手術中だって……」

「なら、そんな顔をするものじゃない。穂村まで泣きそうだよ」

「あ……」

双葉は穂村を見つめて、「ごめんなさい」と小さく謝った。

穂村は黙ってかぶりを振った。

謝るのも、責められるのもお門違いだ。ついこのあいだまで、平和な田舎《いなか》町で犯罪とも銃とも無縁の生活を送っていた少年に、知り合いが撃たれて重傷という事実を突きつけておいて、動揺するなと言うほうが間違っている。

それから案内されるまま、手術室の近くまで行った。

少し離れたところに長椅子があったので、双葉が穂村に座るように言い、二人で並んで腰かけた。朝比奈は、向かい側の壁に凭《もた》れている。

「ベストを着用していなかったね」

静かに言われて、頷いた。

怪訝そうな双葉だったが、口を挟んでくることはしなかった。

穂村は嘆息して椅子に背を預ける。なんだかひどく疲れてしまって、なにもかも言ってしまいたくなった。

「……布施は、死にたがってますから」

「穂村さん……」

双葉は泣きそうな声で呟いたが、朝比奈は無反応だった。

「ああ、少し違う。死ねるものなら、死にたい……というほうが近いかもしれない」

「それで一緒にＪＳＩＡ入りしたのか？　いつも同じ仕事をしているのも、君が布施を見張っていたということか？」

「半分、脅してるようなものですけどね」

思わず自嘲の笑みがこぼれた。

同行する、あるいはさせることは、はっきりと交わした約束ではないが、いまでは暗黙の了解となっている。布施はそれが償いの一環であるかのように、従っているのだ。穂村がマンションに押しかけて強引に同居という形になっているのも、そうだった。

「それでも、生きていてほしいんだろう？」

「……ええ」

死ぬことを許さないのではなく、生きていてほしいだけ。彼から目を離さないという理由をつけているが、本当はただそばにいたいだけ。

あれから時間がたって、混乱していた気持ちが落ち着いたら、本当の気持ちが見えてきた。愛しているのだと思う。彼のすべてが欲しいと思う。そして失うかもしれないといういま、志織に渡すものかと、そう強く思っていた。

「正直に気持ちを伝えてやればいい。愛の告白でもしてやれば、布施も死のうなんて思わないと思うがね」

「できません」

「どうして？」

「俺には、そんな資格ありませんから」

自分の気持ちをごまかすつもりはなかった。すでに告げてしまった双葉の前で、そして見透かしているだろう朝比奈の前で、気持ちを偽ることは無意味だった。

けれども、穂村は布施に言うことが出来ない。彼の想いを否定し、志織のことで疑って傷つけて、何年も彼を苦しめたのは自分なのだ。

いまさらこの想いを成就させようなんて、おこがましいことは望んでいない。

「資格だの、実績だの……まったく意味のないことを……」

「……実績って言ったのは、僕なんだけど」

双葉が小さな声でぼそりと呟く。その彼を、朝比奈は人差し指でちょいちょいと呼び寄せた。まるで犬でも呼ぶみたいだった。

きょとんとしながら立ち上がる双葉を、穂村は力なく見つめる。視線の先で、朝比奈は小柄な身体を大事そうに抱いた。

「双葉を心配させないでほしいね」

「すみません」

「まぁ、これに懲《こ》りたら、これからはきちんと二人で解決することだ。それから今後は、服務規程を守りなさい」

朝比奈の言葉と視線は穂村ではなく、もちろん腕にした双葉でもなく、一番近くにある部屋のドアへと向けられていた。

まさかの思いを抱きながら、穂村は朝比奈の視線の先へと駆け出した。

ノブをつかみ、まわすのももどかしいくらいにドアを開ける。

そこには布施が、ひどく戸惑った様子で突っ立っていた。さっきまでとは違う、まっ白なシャツを身に着けて。

声も出なかった。

「ど……どういうことっ!」

朝比奈に食ってかかった双葉は、ここが病院だということを完全に忘れ去っているらしい。すぐに手で口を塞がれて、言葉にならないくぐもった声で騒いでいる。

「麻酔弾にペイントを仕込んでもらった。開発部の連中に、無理を言ってね」

「なっ……」

「撃ったのは私だよ。もちろん原にも協力してもらったがね」

膝から力が抜けていきそうになる。こういうのを脱力というのかと、頭の隅でどうでもいいことを考えた。

布施はなにも言わない。黙って穂村のことを見つめ下ろしてくるだけだ。

ようやく口を解放してもらった双葉が、今度はちゃんと小さな声で、そっと布施に向かって話しかけた。

「なんともないの……?」

そこで初めて、布施の視線が穂村から外れていく。そうして彼は、普段とまったく変わらない様子で苦笑した。

「痛いことは痛いんだけどね」

「肋骨《ろっこつ》を避けてやっただけ感謝するんだね。当たれば、ヒビくらいは入っていたはずだ」

「それはどうも……」

会話が頭の上を通って交わされていく。穂村は両脇に垂らした手をぎゅっと握りしめて、わなわなと小さく震わせた。

「一体この茶番は……なんですか……」

低く這うような声は、かすかに震えてさえいた。ここが病院でなかったら、とっくに怒鳴っていたかもしれない。

そして朝比奈の平然とした態度が、さらに穂村の感情に油を注ぐ。

「いつも服務違反をしているようだからな。ついでに実地で懲らしめてやろうと思ってね。まぁ、本物の現場でやる避難訓練のようなものだ。双葉にも、君たちをなんとかしてくれと頼まれていたことだし……」

「で、でもそれは仕事が片づいてから相談しようって……」

双葉が茫然と呟いた。

「もののついでというやつだ。ああ、そうだ。原がしきりに言っていたよ。真っ青になって震えて、穂村は可愛かったと……」

ガン！　と拳《こぶし》でドアを叩いて、穂村はそのままきびすを返した。

背中に双葉の控えめな声がかかったが、無視して歩いた。

とんだ道化だ。あんな気持ちにさせられて、気持ちを吐露させられて、それを布施に聞かれてしまった挙げ句に、これか。

病院の廊下をものすごい勢いで闊歩《かっぽ》して、外へ出る。

「穂村……！」

布施の声が追いかけてきても、振り向かなかった。どんな顔をして、向き合えばいいのか。どんなふうに話せばいいのか。もうなにもわからなくなってしまった。

タクシーを拾って乗り込もうとすると、後から布施が強引に乗り込んできて、穂村を奥へと押しやった。

どうせ帰る場所は一緒だ。逃げたところで意味はないし、だいたい逃げる筋合いもない。

そしてここで騒ぎを起こす気もなかった。

タクシー内でも部屋に入ってからも、互いに口を開こうとはしなかった。

気まずい沈黙のなかでも、布施の目は穂村を捕らえて放さない。視線を強く感じながら床を見つめていた穂村は、やがて耐えられなくなって自室に向かった。

今日だけだ。明日になれば、きっと普段通りに振る舞える。

自室に入り、手探りで壁のスイッチを探しながらドアを閉めようとしていると、追いかけてきた布施が閉まりかけていたドアをこじ開けるようにして入り込んできた。

「な、に……」

背中から抱きすくめられて、声が詰まった。

ドアが閉まり、結局スイッチに手が届く前に腕ごと抱かれて、ほとんど暗闇に近いなかで布施の息づかいを感じた。

鼓動が早まる。あのときの布施の体温や吐息を、まだこんなにもはっきり覚えている自分を思い知らされた。

「遥佳……」

耳元で名前を呼ばれた。

「さっき……圭梧、って呼んだよな?」

「っ……」

「意識なくなりかけたときに、聞こえたような気がしてさ。都合のいい、幻聴だと思ってた」

暗がりのなかで視線が泳いだ。そんなこと、忘れていた。あのときは気が動転していて、自分がなにを口走ったかなど、意識していなかったのだ。

だが確かにそうだった。この唇が、舌が、圭梧と綴《つづ》ったことを覚えている。

「遥佳……正直に、言ってくれねぇ？　死ぬのが許せないんじゃなくて、俺に生きててほしいって、ほんと？」

ゆっくりとまばたきをするあいだ、穂村は黙っていた。

そして、小さく頷く。

もっと早く、そう言ってやればよかった。自分たちの恋愛とは関わり合いのないところで、それは十分に可能なはずだったのに。

言っていれば、布施をあんなに追いつめることはなかったかもしれないのに。

「おまえのために生きててもいいのか？」

「ああ……」

今度は声に出して答えた。

「おまえが俺のそばにいるのは、罰じゃねぇの？」

「違う……そうじゃない。死なせないためと……それから、たぶん……俺がおまえのそばにいたかったんだ」

「なんで？」

「それは……」

誘導尋問だったのだと気づいたが、もはやどうでもよかった。こんなときでも余裕がある

布施は、あの頃よりもずっと大人で狡猾《こうかつ》で、自分で思うより変わっていない穂村のことなど、きっと子供に見えるだろう。

いい意味での諦めを抱きながら、穂村は答えた。

「おまえが欲しいから」

返事と同時に、きつく抱きしめられる。痛いくらいにされても、かまわなかった。

「遥佳……俺もずっとそうだった。でもたぶんいまのほうが、強くなってる。前よりもっとおまえのこと好きで、欲しくてしょうがねぇよ」

「ずっと……?」

「うん。本当は、おまえがほかのやつと寝るのが死ぬほど嫌だった。俺が言う筋合いじゃねえけどな」

「……ごめん」

傷つけるつもりはなかった。セックスは穂村にとって大した意味を持たなくなったというだけだった。かつては布施を忘れるためで、その後は仕事の手段でしかなくなっていた。

やってきたことは消せない。けれども、やり直すことは出来るんじゃないかと思った。

「まだ、俺を抱く気あるか?」

開き直りにも似た気持ちだった。

布施に庇われて、彼の身体を受け止めたとき、たぶん穂村のなかでなにかが弾け飛んだのだ。失いかけて、後悔をしたときに、心が決まった。

「当たり前だろ」

「志織のことは、なかったことにはしない。たぶん、できない」

「……うん」

「それでも、俺はおまえから離れないから。おまえを手に入れるって決めたんだ」

あの日のことが罪ならば、一緒に背負っていこう。むしろ布施と生きていくためには、忘れてはいけないと思った。

「バーカ……俺が放さないんだって」

布施は震えを抑えたような声で、耳元で囁いた。

触れる息に、穂村の肌がざわりと反応する。

「証明できるか？　俺を抱きたいっていうのも……」

「泣いても知らねぇぞ」

「誰が泣くか」

「いや、泣かせてやる」

変な意地を張りながら、手探りで互いの服を脱がし、倒れ込むようにしてベッドに入った。

自然に唇が重なり、深く結び合って、長いキスを交わした。

いまさら照れるような年でもないし、初めてでもないというのに、ひどく心臓が暴れて、落ち着かない気分だった。

「明かり点けていい？」

「だめ」

「顔、見たいんだよ」

「いやだ」

不機嫌な声に、仕方なく布施は諦めたようだ。手際よく服を脱いで、脱がせて、穂村の身体に愛撫を始めた。

首から肩、鎖骨へと唇を滑らせ、手は身体のラインに沿って、ゆっくりと何度も上下に素肌を撫でてくる。

「っ…あ……」

身体の奥底から熱がせり上がってきた。

セックスなんて、何度もした。脚を開いた相手は永井以外にも何人かいたし、誘われて気が向けば、誰とでも寝てきた。それなりに快感はあったし、相手を満足させたりさせなかったりもしてきただろうが、いつでも穂村の頭のなかは冷めていた。自分が自分でなくなり、本能だけの生きものになるあんなセックスは、後にも先にも布施とした最初のあのときだけだったのだ。

胸を吸われ、尖らせた舌で乳首を弄られた。

鳥肌が立つほどの甘い痺《しび》れに、たちまち息が乱れてくる。軽く歯を立てられ、思わずびくんと身体が震えた。

「あぁっ……」

舐められて、そこから身体が溶け始める。反対側も同じようにされ、空いたほうは指先で捏《こ》ねるように挟まれ、勝手に声が上がってしまう。

「すげぇ感度いい。こんなだっけ？」

驚いているのは穂村のほうだ。誰に同じことをされたって、これほどまでには感じなかった。意識しなければ、声なんて出なかった。

初めてのときも感じたが、いまは比べものにならない。吸い上げられ、舌を絡められると、腰が自然に捩れてしまう。

執拗《しつよう》に胸を弄られ、穂村が悶《もだ》えて喘ぐしかできなくなった頃に、ようやく唇はそこから離れた。

どこを舐められても、びくびくと肌が震えた。自分はこんなに感じやすかっただろうかと、不安になるほどに。

もっと弱いところを責められたら、どうなってしまうのか。

少しずつ下肢《かし》へと近づいていく愛撫を受け止めながら、穂村はシーツをつかむ指先を震わせた。いまさらどうしてこんな初《うぶ》な反応をしなくてはいけないのかと、自分を笑いたくなった。

「ひ……あぁっ！」

中心を口に含まれて、吸われながら扱《しご》かれる。芯《しん》から崩れていきそうになるほどよくて、穂村は声を抑えることもできずにのたうった。

初めてする相手ではないのに、まるで別人のように思えてくる。

布施だって禁欲生活を送っていたわけじゃない。穂村と違って相手には女もいたようだが、彼が何人もの相手を抱いてきた中で、かつてと違うセックスをするようになっているのは当然だった。

「ん……ぁ、いい……っ」

「そ？　でも、イクのはまだな。後ろ、舐めてやるから……」

「い、やだ……そんなことするなっ……」

「ダーメ。俺がしたいんだよ」

うつぶせにさせられて、腰の下に枕を押し込まれる。這いずって逃げようとした腕を取られ、縛られる代わりにキスをされた。

触れるだけのキスなのに、まるで呪文がかかったみたいに、動けなくなった。

「そう、いい子にしてな。今日は俺に名誉挽回させろよ。あのときよりずっと気持ちよくさせてやるから」

消そうとしても消せなかった。どんな男に抱かれても消えなかったあの記憶も、布施自身にならば可能なのだろうか。

そうして何度も、穂村に新しい記憶を刻みつけてくれるのだろうか。

「ぁあっ……」

濡れた舌の感触に、吐息がこぼれた。

襞《ひだ》の一つ一つを確かめるように舌先が動く。ここを舌で愛撫されるのは初めてではないけれど、こんなにも優しく丁寧に舌を使われたのは初めてだった。

先が、そっと入り込む。

「い……ぁ……、ん……」

甘やかな刺激が内なる熱を煽り、やがて穂村の身体をどうしようもなく疼かせた。

舌で犯されたのは、初めてだ。舐められる感触にめまいさえ覚え、シーツに立てる指にも力が入らない。

だがもっと欲しかった。奥の、深いところまで。

「入れ、て……っ」

「指？」

くすりと笑みをこぼして、布施がその長い指を沈めてきた。かつてのような、なかをぐちゃぐちゃにかきまわすような容赦のない動きではなく、緩やかに突きながら、少しずつそこを解《ほぐ》し、広げていくような柔らかさだった。

「んっ、ぁ…あっ……！」

「いい声。遥佳、前より色っぽい。どこもかしこも敏感で、イヤラシイ身体になってるし。悔しいのは、そうしたのがほかの男だってことだよな」

増やされた指を、深々と突き入れられる。指をぐるりとまわされて、無意識に腰が揺れていた。

甘い疼きに、淫らな声で鳴きながら、穂村は何度もかぶりを振る。

だが見えないのだと思い出し、喘ぐ息の合間に、言葉を紡いだ。

「ち、が……違う……」

「なにが？」

「布施……だけ……だ。ほかの誰と、したっ…て……こんなに……あぁっ……」

一息に指を引き抜かれ、代わりに覚えのある熱さを感じた。

「俺も……誰を抱いても、いつも遥佳のことを考えてた。遥佳を抱いてるつもりで、してた」

「ああっ――――！」

布施のものが、じりじりと入り込んでくる。痛みはない。いや、多少はあるのだろうが、それよりもずっと快感のほうが強かった。それは身体がもたらすものなのか、心がもたらすものなのか。

少しずつ開かされていくたびに、たまらない充足感が穂村を包み込んだ。泣くはずがないと思っていたし、実際に言い切ったはずなのに、穂村の閉じた目からは、透明なしずくがこぼれ落ちていた。

明かりのないこの部屋では、布施が気づくこともなかったが。

やがて最後まで収めてしまうと、彼は背中から穂村を抱きしめて、耳元で囁いた。

「すげぇ、いい……遥佳の中、溶けそう……」

「ん……」

囁かれるだけで感じるなんて、本当にどうかしてしまったのかもしれない。全身のありとあらゆるところが性感帯になって、声すら愛撫になってしまう。

耳にキスをされて、舌でなぞられる。

もどかしくて、穂村はかぶりを振った。

「も……動け……っ」

くすりと笑う気配がし、穂村は肩越しに見えない相手を振り返ろうとした。だがその前に、ふいにそれは始まった。

「っあぁ……！」

どんな相手とも違っていた。誰を相手にしても得られることのなかった深い快感に、理性が浸食されていくのがわかる。

あのときと同じだ。布施に抱かれた初めてのときのように、自分というものがなくなっていく。

溶け出して、形をなくして、どろどろになっていってしまう。

「あっ……ぁ、ん……あん……っ」

「昔みたいに、圭梧って呼べよ」

要求はすんなりと染み込んできた。もともと抵抗はないのだ。姓で呼び始めたのはあの頃からだが、だからといって明確な理由があったわけでもない。もしあったとしても、いまの穂村に逆らうことはできなかっただろう。

「は……っ、ぁ……圭梧……圭、梧っ」

うわごとのように、繰り返した。かつては舌に乗せるだけで苦かったものが、いまは甘くてどうしようもない。

腰をつかまれてさんざん揺すられて、泣かされ、仰向けに返されてからまた貫かれた。

いきなり襲ってきたまぶしい明かりに、穂村はぎゅっと目を閉じた。

「なっ……」

「リモコン、見つけた」

にやりと布施が笑っているのが、目を閉じていてもわかってしまう。顔を見たいと言っていたこの男は、どさくさにまぎれて自分の欲求を満たしたのだ。

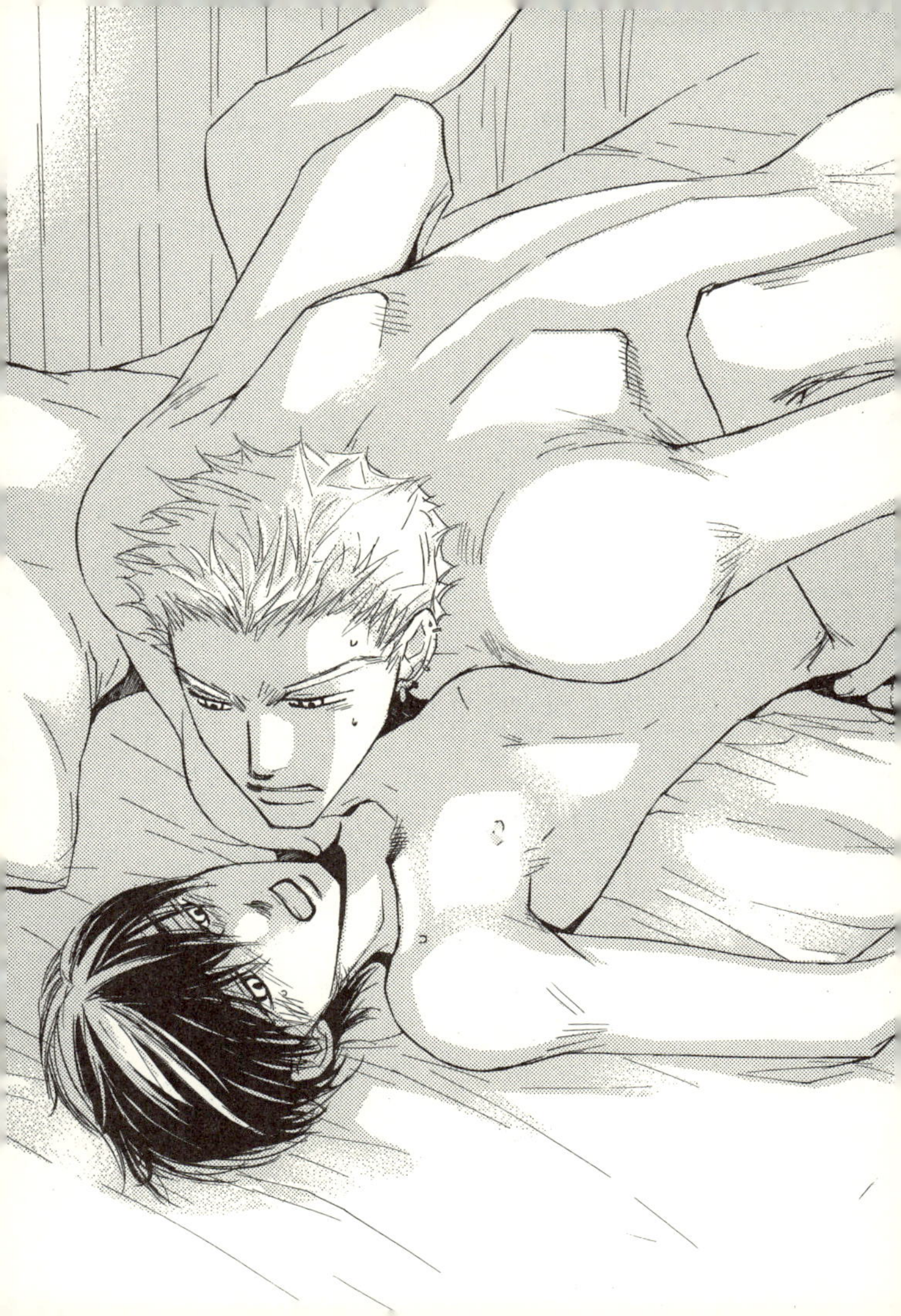

そうしておいて、リモコンを床へ放り出した。

枕元になど置いておくんじゃなかったと後悔した。

「いい顔、見せて」

「んんっ……」

緩やかに突き上げられて、穂村はせつなげに眉根を寄せる。

布施の指が目尻に触れて、残っていた涙をすくい上げた。

「俺の勝ち」

「うる、さ……あっ…！」

「その顔、たまんねぇ……顔見てるだけで、イケそう……」

バカを言っているんじゃないと言い返したかったけれども、なかをかきまわされながら胸の粒を指で弄られて、開いた唇は喘ぐことしかさせてもらえなかった。

「ぁん…あ……やっ、ぁ…そこ……っ」

「ここ……？　いいんだ？」

わかっているだろうに、布施はさもたったいま知ったというように、弱いところを突いてくる。

「ああっ、あ、あっ……！」

両手を伸ばし、初めて布施に抱きついた。

溶け出して自分がなくなってしまうまで、布施に貪られたかった。

「も…っと……ぁああっ、圭梧……っ」

このまま死んでしまっても、かまわないと思った。

欲しいものなんてこの男しかない。ただ一つのものが、いまこうして穂村を抱き、穂村だけを見て、同じ熱を分け合っている。

穿つリズムが速まっていき、布施の息づかいも荒くなった。

深々と突き上げられ、胸を甘噛みされて、穂村は後ろで布施を締めつける。

「出して、いいか……?」

呻《うめ》くような声に、穂村は顎の先を縦に振った。

これだけは、ほかの男には絶対に許さなかった。数え切れないほど男に抱かれたけれど、穂村のなかに絶頂の証を残したのは布施だけなのだ
「あ……ぁ……」

注がれるものの感触に、穂村は声を上げる。

記憶しているよりもずっと深い快感——。激しさはあのときのほうがあったかもしれないが、穂村を溶かし、溺《おぼ》れさせる深みは、いましかないものだった。

絶頂の余韻は、長く続いた。

やがてゆっくりと、名残惜しそうに離れていった布施は、あちこちに宥めるようなキスを

落とし、大きな手で穂村の髪をかき上げたり撫でたりしていた。

　こんなところも、変わったかもしれない。

　髪や身体を撫でる手が気持ちいい。このまま眠ってしまいたい気分だった。

　布施の腕に抱かれてまどろんでいる自分など、数時間前までは想像もしていなかった。

「こういうのも、ケガの功名っていうんかな」

「どうかな……」

「すげぇ心配してくれたんだってな」

　キスをする口元が笑っていた。憑き物が落ちたようだった。浮かべる笑みは今までと同じようでいて、確実に違う。

　撃たれたあのとき、彼は一度死んだのかもしれなかった。そして穂村のために、再びこうして生きているのだ。

「……当たり前だろ」

「俺も、青い顔して震える遥佳を見たかった。いいな、原さん」

　穂村は小さく舌打ちをして、手にした枕を布施の顔めがけて叩きつけようとした。しかしその手首をつかまれて、あえなくシーツに押さえつけられてしまう。

　所詮、力が違いすぎる。

「可愛い遥佳なら、ほかにもいくらだって見られるけどな」

「……どこが可愛いっていうんだ」

そういう言葉がふさわしいのは双葉だろう。あの子は確かに穂村の目から見たって可愛いと思う。見た目もだが、中身も負けないくらいだ。

しかし布施は、当然のように言った。

「いろいろ」

軽く触れるものから、くちづけは次第に深くなっていく。そうしながら手は身体中をまさぐって、二度目の行為を予感させた。

ひとしきり、唾液《だえき》が混じり合うような濃厚でディープなキスをした後、離れてすぐに布施は言った。

「双葉ちゃんと朝比奈さんに、感謝しないとな」

途端に穂村はぴくりと眉を上げた。いままでの、それなりに甘ったるい気分は跡形もなく消え失せていた。

朝比奈、というその名前によって。

「……双葉には、感謝する。でも、あの人にはしたくない」

穂村の天敵。おそらく向こうは、突くと面白い人形かオモチャだと思っているだろうが、穂村にとっては妙に気にくわない、カンに障る男だった。

本当に気が知れないのだ。どうして双葉が朝比奈の恋人になどなってしまったのだろう。

あんなにいい子が、あんな男に誑《たぶら》かされるなんて理不尽だ。間違っている。

けれども双葉が幸せそうなのも事実だし、どうしてか理解不能ではあるが、朝比奈という男でなくてはいけないらしい。

「俺は一応、今度会ったら言うけど……」

「……言うよ」

言えばいいんだろう、と半ば投げやりな気分になって穂村は吐き捨てた。

きっと能面のような顔で、抑揚のまったくない言い方をするだろうが、とりあえずそれが妥協の限界だ。

ほくそ笑んでいる顔が見えるようで、穂村は苦い顔で目を閉じた。

「妬《や》ける」

「は……？」

「セックスした直後に、ベッドでほかの男のこと考えられると、さすがに」

「まぎらわしい言い方をするな」

「考えられないようなことしようか」

どう繋がっているのかわからないことを言って、布施は再び穂村に覆い被さってくる。

「……すれば」

ただの口実かと気づいたものの、それならそれでかまわなかった。どうせ最初から一度で終わるとは思っていなかったのだし。

「何回していい？」

「聞くな、バカ」

仕事は終わったばかりで、明日は休みだ。だったら遠慮することは何もない。

布施は笑って、耳元で囁いた。

「じゃあ、遥佳が泣きながら『もう許して』って言うまでな」

「……絶対に言わない」

ぷいと横を向くと、その首に嚙みつくようなキスをされた。

泣かないと言って泣いてしまった自分は、きっとまた負けてしまうのだろう。そう思いながらも、別にそれでもいいかと、穂村は目を閉じて布施の愛撫を感じてた。

やさしい刻

早いものだなぁ、と言ったのは伯父《おじ》だった。目を細めて呟《つぶや》いたそれに伯母《おば》も同意していたし、彼らほどではないけれども双葉《ふたば》もそう感じている。

半年前に双葉は大学を卒業し、希望通りにＪＳＩＡ《ジェイエスアイエー》の社員となった。在学中から繋《つな》がりを得ていたことも大きかっただろうし、トップエージェントの口添えがあったことも大きい。ただし縁故採用ではない。ＪＳＩＡはそんな甘い組織ではなく、ものを言うのは実力と才能なのだ。その点は双葉にも自負はあった。

なにしろ開発部は日々、技術研究と開発に追われている。より効果的で安全な煙幕だとか催涙ガスだとか、殺傷能力はないが相手の行動を停止させられる銃だとか、各種探知機だとか。それ以外にもカメラやマイクといったものは常にさまざまなパターンが求められる。双葉の得意分野だからか、エージェントたちから名指しでリクエストが入ることもそれなりにあった。

そんな双葉たち開発部の社員には、それぞれ個室が与えられている。集中できる環境が必要だと主張する者や、特許の問題で他人が一緒なのは嫌だという者がいるからだ。一つ一つは基本的に狭いのだが、大きなものを作るときには一時的に別室に移ることもある。

環境はかなりいいと言えるだろう。会社が潤っているためか、開発費に関してかなり寛容だからだ。

集中できる環境で仕事をしているせいか、一日がとても短いと感じる。一週間なんてあっという間だ。この分だと一年も瞬《またた》く間に過ぎていくだろう。ただでさえ、この数年は早かったというのに。

年を取ると時間の流れが早く感じるものではあるらしい。ただ双葉が感じたここ数年の早さは、そのせいばかりではないと思うのだ。

原因は双葉の恋人にあるような気がしてならない。厳密に言えば彼のせいばかりではないのだが、彼と出会ったことで毎日がめまぐるしく、気がついたら四年以上もたっていた……という感じだった。

（逆に言えば、退屈してる暇もなかった、ってことだけどさ）

小さな独り言は一人きりの部屋に響いた。

刺激的だし劇的でもあった。双葉の人生に影響するような出会いが何度もあったのだから相当だ。意外とドラマティックだった、と自分で思うほどには。

もっとも双葉の基準での話だ。田舎町《いなか》でのんびりと暮らしていたときに比べて、という意味であり、あの二人ほどではないこともわかっていた。

あの二人——つまり布施《ふせ》と穂村《ほむら》のことだ。彼らの場合はドラマティックというよりもヘビーだったわけだが、二人して吹っ切った現在では、あの頃の心配はなんだったのかと思うほどに人生を楽しんでいるようだ。

（いいことなんだけど……）

手を取りあって乗り越えた、というよりも、開き直ったというほうが正しいような気もするが、前向きに考えられるようになったのはいいことだろう。亡くなった妹への罪悪感に囚《とら》われて自分たちを縛ることはやめ、互いのために生きて行こうと思うようにしたらしい。それが正しいかどうかはわからない、と苦笑しつつも、そうすることを彼らは決めたのだ。

「うん、こんなもんかな」

リクエストされた発信器がなんとか完成した。超小型の発信器で、探知されにくい特殊な電波を出すタイプだ。このシステム自体はすでに確立されているものだが、小型化は双葉の得意分野ということで依頼されたのだ。急ぎでよろしく……と笑顔で言ってきたのは布施だった。

完成の報告をメールで入れると、ものの五分もしないうちに布施が双葉のラボにやってきた。彼だけでなく、穂村も一緒なのはもう驚くに値しないことだ。相変わらず彼らは八割方、同じ依頼で動いているからだ。危険度の高い依頼も変わらず引き受けているようで、そこが少しだけ心配なのだが、彼らに言わせると自信があるからやっているのだという。かつてのように死に赴くためでもないし、それを守るためでもない。無事に遂行することを前提でやっているのだ。

「おー、凄《すご》い凄い。マジでちっちゃいな」

完成品をしげしげと見つめ、布施は新しいオモチャをもらった子供のような顔をしている。

それを冷めた目で眺める穂村の姿も見慣れたものだ。

彼らは一見すると以前とまったく変わっていないように見えるが、双葉の目にも違うことは明らかだった。漂う空気が確実に違う。一緒にいるときでも相変わらず甘くはないけれど、とても穏やかになった。朝比奈《あさひな》にも聞いて同意を得たので間違いないはずだ。

「それでOKですか?」

「もちろん。遥佳《はるか》もそう思うだろ?」

「いいんじゃないか」

穂村に愛想がないのは変わりなく、短い同意だけが返ってくる。気に入らないところがあればはっきりと言う人だから、これでいいということだ。

「ほら、すげーよ」

発信器は薄さ一ミリの豆粒サイズで、カードタイプにして片面にシールをつけた。布施はそれを穂村の目の前にまで持っていった。

「そんなに近づけなくても見える」

「めっちゃ軽いんだって。持ってみろよ」

「仕掛けるのはおまえだろ」

「そうだけどさ」

すでに役割分担は出来ているようだった。

双葉はじっと二人を見つめる。ただ発信器を見せようとしたり迷惑そうな顔をしているだけなのに、どう見てもイチャイチャしているようにしか見えない。どうやら本人たちは自覚がないらしいが、社内ではもう「また始まった」程度にしか思われなくなっているほど、頻《ひん》繁《ぱん》にこれは披露されているのだ。

生温かい双葉の視線に気づき、二人は怪訝《けげん》そうな顔をした。

「なに？　どうした？」

「いや……仲いいなと思って」

「まぁね」

当然と言わんばかりの布施に対し、穂村は嫌そうな顔をした。こういうところも相変わらずだった。

「穂村さん、なんでそんな顔するかなぁ」

「遥佳は素直じゃないからな」

「ですね」

「そこが可愛《かわい》いんだけどさ」

「あー……ゴチソウサマです」

何年もこんなやりとりが行われれば、いかに双葉でも慣れてしまうというものだ。うんうんと頷《うなず》いていたら、穂村が小さく舌打ちした。

「変なことを言うな」

「えー、変なことじゃねぇよな？」

「ないと思う」

「ほら、双葉ちゃんだってこう言ってる」

満面の笑みの布施に対し、穂村は苦い顔だ。ずいぶんと彼も表情が豊かになったものだと双葉はひそかに思った。

「布施の言うことに、いちいち同意してやらなくていいから」

「別に合わせてるわけじゃ……っていうか、相変わらず名字呼び？」

思わず双葉が小首を傾《かし》げると、穂村はぴくっと頬《ほお》のあたりを引きつらせた。どうやら触れて欲しくない話題だったらしい。

そして布施は意を得たとばかりに言った。

「だろ？　人前だと恥ずかしがっちゃってさ」

「そんな理由じゃない。公私の区別をつけてるだけだ……！」

「双葉ちゃんの前でその必要あんの？」

「ここは会社で、こいつだって社員だ」

「けど、いまさらだろ」

言い争いとも言えないような掛け合いを、双葉はなんとも言えない気分で見つめる。微笑《ほほえ》ましいような気恥ずかしいような、それでいて少し呆《あき》れてしまうような、とても複雑だが妙に楽しい気分だ。

いい関係が続いているのだろうと確信できる。そして互いに想い合っているのがひしひしと伝わってきた。

「ベタ惚《ぼ》れじゃん……」

口のなかで小さく呟いたのに、二人は同時にそれを拾った。

「っ……」

「まぁね」

反応はバラバラだった。片や息を呑《の》んで顔をこわばらせ、片やにんまりと満足そうな顔をする。もちろん前者は照れが激しすぎるゆえの反応だ。

「そう言う双葉……西崎《にしざき》はどうなんだ。人のことが言えるのか？」

押されっぱなしが悔しかったのか、あるいはてっとり早く話を逸《そ》らしてしまおうと思ったのか、穂村が反撃に出た。

だがとっさになんのことかわからなかった。

「はい？」

「朝比奈さんのことだ。名字で呼んでるだろ？」

「ああ……」

そっちか、と頷く。ベタ惚れの続きかと思ったのだ。

「恋人のことを下の名前で呼んでないのはお互いさまじゃないのか」

「でも朝比奈のリクエストだし」

「は？」

穂村は形のいい眉《まゆ》をひそめ、布施は興味津々といった様子になる。

失敗した。つい、いらないことを言ってしまった。口走ったことは事実なのだが、詳細はとんでもなく恥ずかしいことだからだ。

双葉は目を逸らし、布施の手から発信器を取り上げて代わりに端末を差し出した。依頼品にOKが出た後の手続きだ。依頼者に自分のコードを入れてもらい、上司に送信すれば正式に一つの仕事が終わったことになるのだ。

「朝比奈さんのリクエストってどういうこと？」

布施は問いかけながら、自分のコードを入力した。ここで入力を盾《たて》にして追及しないところに彼の性格のよさが出ている。これが朝比奈だったら、正直に言わないと入力してやらない、と言い出すに違いない。

「あー……まぁそれは、ちょっと……」

もごもごと言葉を濁《にご》しつつ、上司に送信をする。すぐに処理してくれて、双葉はほっと息をついた。

依頼がないときは、自分の好きな研究が出来るのだ。もちろんＪＳＩＡの役に立つことが基本だが、場合によってはそれ以外でも認められることがある。画期的なもの――大きく言えば人類や世界に役立つようなものならば、将来的には会社にとっても利益になると考えられているからだ。

「じゃあ、これもらってくわ」

「あ、はい」

布施はあっさりと帰る姿勢を見せた。言いたくなさそうなのを察してくれたらしい。そして穂村もまた興味本位に突っ込んでくる性格ではない。

ほっとしながら二人を見送ろうとしていたら、こつんと軽いノックが聞こえた。

嫌な予感がした。事前連絡なしに訪ねてくる相手なんて一人しかいないからだ。

「仕事が終わったそうだね」

思った通り、朝比奈だった。それはいいが、どうして仕事に一区切りついたことを知っているのだろうか。上司にはたったいま報告したところだというのに。

深く考えると怖いので、双葉は早々に考えることをやめた。朝比奈と付き合っているうちに、こういう流し方を覚えてしまった。

「あ、どうも」

布施がぺこりと軽く頭を下げるのを見て、現れた朝比奈は鷹揚《おうよう》に頷いた。穂村は無表情のままだ。

「君たちの仕事だったのか」

「あれ、朝比奈さんにも言ってなかったんすか」

「それが規則だろう？」

開発者は誰からなにを頼まれたのか言ってはいけないことになっている。場合によってはクライアントからの依頼内容がわかってしまうこともあるからだ。相手がＪＳＩＡのエージェントであっても例外ではない。双葉はこれをきっちりと守っていたし、朝比奈もあえて聞こうとはしなかった。

だが布施には意外なことに思えたようだった。

「朝比奈さんには言うと思ってた」

「おまえと違って公私の区別はつけるってことだろ。少しはこいつを見習え」

「はは」

穂村にきつい言葉を投げつけられても布施は気にしたふうもない。いつものように笑っているだけだった。

暢気《のんき》にそれを眺めていたら、思いがけず朝比奈が穂村の話に食いついた。

「なんだ、布施は公私混同してるのか？」

「いや、してないっすよ」

「してるだろ」

「仕事中でも名前で呼んでるだけだろー？　その程度で公私混同はないっすよね？」

なぜか布施は朝比奈に同意を求めた。朝比奈が社内でも「双葉」と呼んでいることを知っているからだ。

双葉と朝比奈の関係は社内でもよく知られてしまっている。おかげで双葉にちょっかいを出す者は皆無で、その点は助かっているのだが、一方で同情の目を向けられることには閉口してしまう。朝比奈の性格を知る者にとって、双葉は哀《あわ》れな子羊のように思えるらしい。そして一部の者は、物好きだとか勇気があるだとか言っている。言われるたびに双葉はやんわりと否定しているのだが、なかなか認識は変わらないようだ。

「たかが名前だと思うがね」

「ほらほら」

「あなたの意見なんてどうでもいい」

不機嫌そうに穂村は顔を背けた。彼が朝比奈に対してことさら当たりがきついのも相変わらずなのだ。布施に対するそれが甘えを含んでいるのと違い、猫が毛を逆立てているような印象だ。

朝比奈はくすりと笑った。

「私なら、それもいいと思うが？」

「どういうことっすか？」

「プライベートのときだけ……というのも特別な感じがしていいだろう？」

「なるほど」

布施は納得して大きく頷いたが、双葉は落ち着かない気分になった。この流れはまずいように思えてならなかった。

「私もあえて、普段は名前で呼ばせないからね」

「は？」

「朝比奈っ……！」

勢いよく立ち上がった拍子にキャスター付きの椅子《いす》が動いて後ろの壁に当たった。だがそんなことはどうでもよかった。とにかく余計なことを言われる前に彼を部屋から追い出すか、布施たちに帰ってもらうかしなくては。

焦りが顔に出ていたらしく、空気を読んで穂村はふうと溜《た》め息をついた。

「じゃあ俺たちはこれで。行くぞ、布施」

「お……おう」

穂村に引っ張られていく布施を、朝比奈が少し残念そうに見ていたのは気のせいじゃないだろう。

ドアが閉まり、双葉はほっと安堵《あんど》の息をついた。

危ないところだった。

「穂村は君には優しいね」

「助かった……穂村さん、ありがとう……」

思わず拝みそうになったが、実際にやったら朝比奈に笑われそうだったのでやめた。代わりに心のなかでもう一度礼を言う。

それからキッと朝比奈を睨《にら》み付けた。

「余計なこと言うな」

「惚気《のろけ》ようとしただけだよ」

「それが余計だって言ってんの！　つーか絶対惚気じゃないよね、ただ僕が恥ずかしいだけじゃん！」

「私に抱かれているときだけ、辰征《たつまさ》……と呼ぶのがたまらなく可愛い。というのは立派な惚気だと思うが？」

「わーわー……！」

ほかに誰もいないのに大声を出してしまった。顔が赤くなっていることは自覚していた。

悔しいほどに朝比奈は涼しげな――そして楽しげな顔をしていて、一人で騒いでいるのが虚《むな》しくなった。

双葉は大きな息を吐き出す。

「……言っとくけど、呼んでるんじゃなくて言わされてるんだからな」

「最初の頃はね」

「いまだってそうだよ」

「いきそうになりながら、うわごとのように私を呼ぶのも？　あれが強制だと言うのは無理があると思うがね」

「え……」

身に覚えがない、と言おうとしたのに、脳裏におぼろげな記憶が蘇《よみがえ》ってきた。逞《たくま》しい背中にしがみついて、舌足らずに「辰征」と繰り返す自分だった。あえて思い出さないようにしようとしていたものを、無理矢理引きずり出されたような感じだ。

赤くなったらいいのか青くなったらいいのかわからない。朝比奈の顔を直視出来ず、もごもごと意味のないことを呟きながら視線をあちこちへさまよわせた。

いっそ思い出さなければよかった。そうしたら否定をして、朝比奈のねつ造だと言い張ることも出来ただろうに。

「理性があるうちは照れくさそうにぎこちなく呼んでくれるんだが、快楽に支配された後は、ためらいがないらしいね」

「し……知らない知らないっ」

双葉は耳を塞《ふさ》いでかぶりを振った。

嫌な予感は当たってしまった。せめてもの救いはあの二人が退室してくれたことだ。こんなことを暴露されてはたまったものじゃない。

もっと平然と受け止め、流してしまえれば一番いいのだが、双葉には到底無理なことだ。朝比奈の恋人になって四年以上たち、同じ年月だけセックスもしてきたというのに、いまだにこの手の話題は苦手だった。

そんな双葉の反応が朝比奈を煽《あお》っていることは知っているが、それでもつい彼の望む反応をしてしまうのだ。

現に朝比奈は上機嫌だ。

息を乱しながら耳から手をどけた途端、とんでもない言葉が飛び込んできた。

「今度、録画しておこうか？」

「やだっ！」

強くはっきりと拒否しておかないと、この男は本当にやりかねない。おまけにその手の装置がいくらだって手に入る立場だ。双葉が作ったものもあり、試作品はマンションにごろごろ転がっている状態なのだ。

朝比奈はくつくつと笑っている。からかっていただけなのか、実は本気なのか、彼の態度からは判別できない。ただ双葉が本気で拒否した以上は、さっきのことは実行はしないだろう。そこは信用している。

「今日はもう上がれるんだろう?」

「……うん」

「どこかで食事をして行こう。なにがいい?」

どうやら飴《あめ》をくれる気になったようだ。フォローしておかないと双葉の機嫌が直らないと思ったのだろう。

たやすく手の上で転がされていると溜め息をつく一方で、案外それが居心地がいいと思っている自分がいる。

要は相性がいいということなのだ。認めたくないけれども、双葉はとっくの昔にそれを自覚した。

「寿司《すし》が食べたい。いつものとこ」

「わかった。駐車場でね」

朝比奈はそう言って部屋を出て行く。双葉が帰り支度に少しかかることを知っているから、そのあいだに彼の用事をすまそうというのだ。

一人になった部屋で双葉は作業用デスクの上を片づけ、パソコンの電源を落とし、データの入った記憶媒体を専用のボックスに入れた。これは運び出すことが出来ず、解錠も双葉でないと出来ないようになっているものだ。緊急時にはその限りではないが。

「よし、帰ろ」

最後に部屋自体にもロックをかけて、駐車場へと向かう。途中、廊下の隅の休憩スペースで顔を寄せ合って話をしている布施と穂村を見かけた。

（近い、近い）

どう見てもただの同僚が話をしている絵面《づら》ではなかった。おそらく本人たちは仕事の話をしているのだろうが、ほんの十センチほどの近さまで顔を寄せているから、恋人同士の語らいにしか見えない。実際に恋人なのだから、たとえ会話の内容に甘さがなかろうが、恋人同士の語らいに違いないのだが。

彼らは双葉の視線に気づき、ほぼ同じタイミングでこちらを見た。

手を振ってくる布施と、我に返った様子で布施から離れる穂村に、双葉はぺこりと頭を下げた。

「お疲れさまです」

「帰んの？　さっき朝比奈さんが駐車場に向かってたとこ見たけど」

「今日は寿司なんです」

「お、いいねぇ。俺らもなんか美味《うま》いもん食ってく？」

「好きにすれば」

食にこだわりがない穂村の態度は素っ気ない。それでもめげることなくイタリアンにしようか中華にしようかと話しかける布施には感心してしまう。

かつて布施が消えてしまわないように必死だった穂村は、すっかりワガママになって布施を振りまわし、尽くさせている。布施に言わせると昔に戻っただけらしいし、甘えているということだから嬉《うれ》しいらしい。布施自身も楽しんで穂村を甘やかしているそうだから、彼らもまた相性がいいということなのだろう。

「お似合いだよね」

彼らに背中を向けて、小さく呟く。

自然と笑みが浮かび、恋人の元へと向かう足取りはとても軽い。あの二人に当てられたわけでもないだろうが、珍しく朝比奈に甘えてみたい気分になってくる。

後でどさくさに紛《まぎ》れて名前を呼んでみようか。そんなことを考えながら、双葉は朝比奈が待つ駐車場へと急いだ。

あとがき

今回は、双葉《ふたば》&朝比奈《あさひな》と穂村《ほむら》&布施《ふせ》、の二本立てでお送りいたしました。穂村と布施のカップルは、わりと気に入っていたんですけど、続けて書くには……っていうカップルでした。くっついちゃった後が、どうも……ごにょごにょ……。

なので、巻末のショートにて、ちょろりとその後の彼らを書いてみました。

シリーズ途中の書き下ろしショートは、謎の時系列であることが多いんですが、今回は数年後、とはっきりしてます。あんまりキャラたちは変わってないですけどね。双葉がほんの少し、スルースキルを身につけたくらいで。

さてさて。昔の原稿の改稿は相変わらず精神的な負荷を感じつつやるわけですが、しみじみと、「ずいぶんと前なんだなぁ」と思いましたよ。

十年もたつと、特に機械系は大きく様変わりしますよね。その手のところをどうしようかと思ったんですが、結局あるところはそのまま、あるところはさくっと削り……という感じになりました。いっそすべて当時のままのほうがよかったのかもしれないですね。キリがないからな。

いやぁ、特に電話関係って変化が激しいです。私がデビューした頃はまだ携帯電話なんて普通の人は持っていなくて、カーテレフォンがちょっとしたステイタスでしたし。友達も長いシリーズのあいだに、ポケベル↓PHS↓携帯電話（ここでもアンテナが伸びるタイプから折りたたみタイプへ）……とキャラの持ちものが変化していったと言ってました。いまはスマフォですが、十年もしたらまた変わっていたりして……。

あ、そうそう。この本が出たとき、とんでもないミスをやらかしまして……今回はもちろん直してあります。そうそうわかる方はいないかと思いますが、もしも「あ、これか」と気づかれた方がいらっしゃいましたら、ひそかにニヤリと笑っていただければ。

シリーズはもう少し続きますので、最後までお付き合いいただけたら嬉しいです。

きたざわ尋子《じんこ》

✦初出　あやうい嘘……………………リンクスロマンス（2003年12月）加筆修正
やさしい刻……………………書き下ろし

きたざわ尋子先生、金ひかる先生へのお便り、本作品に関するご意見、ご感想などは
〒151-0051 東京都渋谷区千駄ヶ谷 4-9-7
幻冬舎コミックス　ルチル文庫L「あやうい嘘」係まで。

幻冬舎ルチル文庫L

あやうい嘘

2014年11月20日　　第1刷発行

✦著者	きたざわ尋子　きたざわ じんこ
✦発行人	伊藤嘉彦
✦発行元	株式会社 幻冬舎コミックス 〒151-0051 東京都渋谷区千駄ヶ谷 4-9-7 電話 03(5411)6431［編集］
✦発売元	株式会社 幻冬舎 〒151-0051 東京都渋谷区千駄ヶ谷 4-9-7 電話 03(5411)6222［営業］ 振替 00120-8-767643
✦印刷・製本所	中央精版印刷株式会社

✦検印廃止

ISBN978-4-344-83287-9　C0193　Printed in Japan